典藏世界文學名著

基督山恩仇記

大仲馬◎著
韓滬麟・周克希◎縮寫

THE COUNT OF MONTE CRISTO

BY
ALEXANDRE DUMAS, PÈRE

大仲馬與《基督山恩仇記》

一

一八〇二年七月二十四日，大仲馬誕生於法國北部的維萊——科特雷鎮。他的父親曾是拿破崙手下的陸軍少將，母親是科特雷鎮上一家旅館的老闆的女兒。大仲馬才四歲，父親就離開了人間，因此他在幼年、少年以至青年時代始終生活在窮困之中。大仲馬的母親希望兒子能學得一技之長，節衣縮食為他請了小提琴教師，但他學不下去；後來母親又要他去神學院就職，他也安不下心來。然而他是個有天賦的孩子，而且有他自己的抱負。一次偶然的機會，他跟撞球店老闆賭輸贏，結果贏了九十法郎，他把這筆錢用作到巴黎去的旅費，開始了他的新生涯。到巴黎以後，他憑藉父親的人事關係，在奧爾良公爵的私人秘書處尋到了個抄抄寫寫的差事。與此同時，他狂吞亂咽般地大量讀書，廣泛涉獵了文學、歷史、哲學和自然科學等知識領域，為日後的多產創作奠定了基礎。看了倫敦的劇團在巴黎演出的莎士比亞戲劇以後，他激動不已地感到u精神上受到強烈的震動」。他花了五個星期寫出了第一個劇本《克里斯蒂娜》，而且得到了內行人的好評。但由於一個演慣了古典主義劇目的名演員的阻撓，劇本未能如期上演。現在我們熟知的《亨利三世及其宮廷》，是大仲馬寫的第二個劇本。這個劇本之所以負有盛名，一則由於作品充分顯示了作者卓越的才華，二則由於它是法國第一部突破古典主義傳統的浪漫主義戲劇。經過很有戲劇性的一番周折以後，這個批判封建專制主義的劇本，終於在古典主義固守的堡壘——法蘭西劇院上演並取得了空前的成功。它上演的時間，比雨果的《歐那尼》還早一年，不僅開創了歷史劇這個新的文學領域，而且體現了一些浪漫主義戲劇的創作原則，這正是大仲馬在法國文學發展史上的一個偉大功績。

一八三〇年七月，大仲馬投入了推翻波旁王朝的戰鬥，不僅參加巷戰，而且獨自把三千五百公斤炸藥從尚松運到巴黎，奧爾良公爵接見了他。前者不久成了國王；但並未採納他的建議，還嘲笑他道：「把政治這個行當留給國王和部長們吧，你是個詩人，還是去做你的詩吧！」後來他參加了以共和觀點著稱的砲兵部隊，並在歷史劇《拿破崙．波拿巴》的序言中公開了他與國王的分歧。這下他就闖下了大禍，因此被指控為共和主義者，被逼著經常到瑞士、義大利等地去旅行，看來他不光是到國外去遊山玩水，其中也還有著「避風頭」的苦衷。但他畢竟是帶著戲劇家的心和眼睛踏上旅途的，一路上難免會有意識地觀察風俗人情，收集奇聞軼事，甚至深更半夜也會到教堂裡去聽故事。凡此都在有意無意之間為日後的小說創作作了充分的準備。

三〇年代初期，法國報刊大量增加，為了適應讀者的需要，往往開闢文學專欄，連載的通俗小說便應運而生。大仲馬是喜歡司各特的。他仔細鑽研了司各特的歷史小說及其特色後，便運用自己編織故事的神妙技巧和豐富充沛的想像力，從歷史上取材，寫了不少通俗而引人入勝的長篇小說，在報刊上連載，成為當時法國首屈一指的通俗小說專欄作家。一八四四年，《三個火槍手》的巨大成功，已為他奠定了歷史小說家的聲譽；一八四五年秋開始在《辯論報》上連載的《基督山恩仇記》又轟動了整個巴黎。稿費源源而來，他這時真可以說得上是富埒王侯了。一八四八年，他竟然耗資幾十萬法郎建起一座富麗堂皇的府邸，並把它命名為「基督山城堡」。

大仲馬巨大的工作熱情和毅力，超乎常人的充沛精力，也許同他祖傳的優異體質不無關係。他熱愛寫作，而且寫作起來可以毫不誇張地說是文思如湧，一瀉千里。大仲馬成名後，在創作過程中經常有一些合作者，他們有的為大仲馬查找文獻資料，有的向大仲馬提供故事的雛形，有的甚至與大仲馬共同執筆，參與初稿的寫作，但是無論在哪種情形下，主體和靈魂總是大仲馬。在這一點上，一直有人對大仲馬頗多微詞，譏諷他是「寫作工廠」的老闆。但大仲馬是很坦然的，他理直氣壯地回答說：「莎士比亞也是借用了別人作品的主題進行創作的，難道他就不是偉大的作家了嗎？瞧我的這隻手吧，這就是我的工廠。」

大仲馬生性落拓不羈，愛開玩笑，他的一生也像他的作品一樣充滿著傳奇色彩。譬如說，有一回他在俄國旅行時，有個年輕人要求做他的僕役，大仲馬不僅一口應允，而且還寫了一份由他簽署的「護照」給他，並附了張紙條，申明這個年輕人沿途的一應花銷都可將帳單逕寄巴黎，由他付帳。結果，這個年輕人果然一路通行無阻地到了巴黎。

還有一次，大仲馬到西班牙去旅行，一個海關職員要檢查他的行李。這時，旁邊不知是誰說了句：「你要檢查大仲馬的行李？」那個職員一聽，忙不迭地趕快放行，一邊嘴裡還喃喃地說：「原來是三劍客先生！」得知大仲馬來訪，西班牙全國上下一片歡騰，人們像迎接凱旋歸來的英雄般地歡迎他。面對這動人的情景，就連一直對父親耿耿於懷的小仲馬，也覺得這次隨父親去西班牙是「不虛此行」。

大仲馬雖然天生有強健的體魄，但由於長年超負荷工作，再加上生活放蕩，他的精力消耗太大，所以到一八六七年，他就經常頭暈目眩，無力再從事文學創作。一八七〇年十二月，大仲馬臥床不起，五日晚上，他死在女兒的懷裡，時年六十八歲。維克多．雨果得知噩耗後，說了下面這段話：「他就像夏天的雷陣雨那樣爽快，是個討人喜歡的人。他是濃雲，是雷鳴，是閃電，但他從未傷害過任何人。所有的人都知道他像大旱中的甘霖那般溫和，為人寬厚。」

大仲馬作為十九世紀最多產而且最受讀者歡迎的作家之一，在法國文學史上的功績是不可抹殺的。他的文學作品到底有多少呢？很難說出一個確切可靠的數字。眾多研究大仲馬的專家的統計結果很不一致。最保守的統計，是戲劇九十部，小說一百五十部（計三百本）。最著名的戲劇除《亨利三世及其宮廷》（一八二九）以外，還有《安東尼》（一八三一）和《拿破崙．波拿巴》（一八三一）。最著名的小說除《基督山恩仇記》外還有：描寫路易十三到路易十四時期的達達尼昂三部曲，即《三支火槍手》（一八四四）、《二十年後》（一八四五）和《布拉熱洛納子爵》（一八四八－一八五〇）；描寫「三亨利之戰」的三部曲，即《瑪戈王后》（一八四五）、《蒙梭羅夫人》（一八四六）和《四十五衛士》（一八四八）；以及描寫法國君主政體瓦解的一系列小說，如《約瑟・巴爾薩莫》（一八四六－一八四八）、《王后的項鏈》（一八四九－一八五〇）、《紅房子騎士》（一八四六）、《昂熱・皮都》（一八五三）和《夏爾尼伯爵夫人》（一八五三）。而其中影響最大、最受讀者歡迎的，當然首推《基督山恩仇記》和《三個火槍手》。

二

從一八四五年五月二十八日起，巴黎的《辯論報》上開始連載《基督山恩仇記》。小說馬上就引起了轟動，如癡如狂的讀者從四面八方寫信到報館，打聽主人公以後的遭遇；被好奇心撩撥得按捺不住的讀者，甚至趕到印刷廠去「買通」印刷工人，為的是能對次日見報的故事先睹為快。一部當代題材的小說能產生這樣的「轟動效應」，而且其生命力竟能如此頑強，在一百多年後的今天，仍受到全世界億萬讀者的喜愛，這種情況在文學史上也是不多見的。

話得從一八四二年說起。歐仁．蘇的社會風俗小說《巴黎的秘密》在報紙上連載後一砲打響，於是出版商約請大仲馬也以巴黎為背景，寫一部當代題材的小說。大仲馬接受約請後的第一步工作，就是搜集素材。他在巴黎警署退休的檔案保管員珀歇寫的回憶錄裡，發現了一份案情記錄，它記述了拿破崙專政時代一個年輕鞋匠皮科的報仇故事，說的是巴黎一家咖啡館的老闆盧比昂和他的三個鄰居，出於嫉妒跟剛訂了婚的鞋匠皮科開了個惡意的玩笑，誣告他是英國間諜。不料皮科當即被捕入獄，從此音訊杳然。七年後他出了獄；由於同獄的一位義大利神職人員在臨終前把遺產留給了他，他出獄後就變得很富有了。但他得知當年的未婚妻早已嫁給了盧比昂，於是就喬裝化名進入盧比昂的咖啡館幫工，先後殺死那三個鄰居中的兩人，並用了十年的時間，處心積慮地把盧比昂弄得家破人亡。但最後他在手刃盧比昂時，當場被那第三個鄰居結束了性命。

大仲馬敏銳地覺察到，「在這隻其貌不揚的牡蠣裡，有一顆有待打磨的珍珠。」他根據這個素材，構思了一個復仇故事的輪廓。然後，他又聽取了在創作上和他多年合作的助手馬凱的一些很有見地的建議，決定花大量的篇幅去寫「主人公同那位美貌姑娘的愛情，那些小人對他的出賣，以及他同那位義大利神職人員一起度過的七年獄中生活」這些引人入勝的情節。鞋匠皮科在小說中成了水手唐泰斯，故事的背景也改在了風光綺麗的馬賽港。大仲馬不願意讓小說中的冤獄發生在拿破崙的第一帝國時代，於是把故事的時間往後挪到了王朝復辟時代，讓唐泰斯成了波旁王朝的冤獄的受害者。皮科的那幾個仇人，則從市井平民變成了七月王朝政界、金融界和司法界的顯要人物。

為了寫作這部小說，大仲馬去了馬賽，重遊了加泰羅尼亞漁村和伊夫堡。大仲馬的腦海裡，醞釀著一幕幕場景：少年得志的唐泰斯遠航歸來，與美麗的加泰羅尼亞姑娘梅爾塞苔絲舉行訂婚儀式；船上的會計唐格拉爾和姑娘的堂兄費爾南（即後來的德·莫爾塞夫伯爵）串通一氣，寫信向警方告密，誣陷唐泰斯是拿破崙黨人；當時也在場的裁縫卡德魯斯曾想阻止他們這樣做，但終因喝得酩酊大醉而不省人事；在喜慶的訂婚宴席上，憲兵突然闖進來帶走了唐泰斯；代理檢察官維爾福為了嚴守父親的秘密，維護自身的利益，昧著良心給無辜的唐泰斯定了罪，把他關進伊夫堡陰森的地牢……

從伊夫堡，大仲馬聯想到當年曾在這裡關押過的鐵面人、薩德侯爵和法里亞神甫。法里亞神甫確有其人：他原是葡萄牙神甫，早年來到法國，曾投身法國大革命的戰鬥。後來，他被以信仰空想社會主義的罪名，長期囚禁在伊夫堡的地牢裡。他於一八一三年出獄後，到巴黎開了一家催眠診所；作家夏多布里昂就曾親眼見過他用催眠術殺死一隻黃雀。但他的所作所為被教會視為異端，最終死於貧病交加之中。大仲馬決定把這樣一個富有傳奇色彩的人物移到小說中去。於是，唐泰斯在地牢中，遇到了這位掘通地道和他相見的法里亞神甫。但在大仲馬筆下的法里亞，已經變成一位集人類智慧於一身、為祖國統一而奮鬥的義大利神甫，而且，他掌握著一個天方夜譚式的寶窟的秘密。也是這個法里亞把唐泰斯造就成了一個知識淵博、無所不能的奇人，並且讓他得到了基督山島上的寶藏，成了家貲巨萬的基督山伯爵。

皮科的故事純粹是個復仇故事。大仲馬筆下的基督山伯爵，卻有恩報恩，有仇報仇，儼然是正義的化身。昔日的船主莫雷爾有恩於他，於是唐泰斯出獄後首先報恩，把這位瀕臨破產的好人從絕路上救了回來，此後又始終照顧他的兒女，直至最後把基督山島的寶窟送給他們。舊時的鄰居卡德魯斯一開始良心未泯，對唐泰斯的老父有所照顧，後來因為貪得無厭而謀財害命，甚至潛入基督山家中行竊並企圖行凶，所以基督山伯爵對他是報恩於前，懲罰於後，賞罰極為分明。對唐格拉爾、費爾南和維爾福這三個仇人的復仇，大仲馬用濃墨潑灑，細筆描繪，把他寫故事的本領發揮得淋漓盡致。最後，這三個人破產的破產，自殺的自殺，發瘋的發瘋，都得到了應有的報應。

小說在報紙上斷斷續續地連載了一百三十六期，歷時近一年半。《基督山恩仇記》成了馬賽人的驕傲。馬賽城有了基督山街、愛德蒙・唐泰斯街；伊夫堡和基督山島亦成了旅遊勝地。

三

從一個簡單的故事框架出發，寫出一本洋洋灑灑一百多萬字的小說，並且在一個多世紀來風靡無數的讀者，始終有其經久不衰的魅力，這不是一件容易的事情，其中的奧秘自然也是值得探索一番的。

首先，大仲馬是編故事的高手，有著一套布局謀篇的高招。看來，就像寫詩要有「詩眼」一樣，大仲馬在構思整部小說時，也先順著情節發展的脈絡，安排下一連串最精采、最捉搦讀者的心的情節，作為整個故事的「眼」，亦即高潮。譬如說，下半部寫基督山分別對三個仇人報仇的故事時，大仲馬就極盡其設計情節的能事，把「戲」做足，使情節的展開高潮迭起，精采紛呈。對莫爾塞夫，大仲馬特意把他發迹的背景放在希臘，這樣，作者的那枝生花妙筆就不僅能放手去寫美麗的希臘姑娘海黛，去重彩渲染迷人的東方情調，而且也安下了海黛與莫爾塞夫當場對質的這個「眼」。對維爾福的復仇，沿著兩條情節線展開，一條是維爾福夫人的一次次下毒，另一條是貝內代托的行迹，大仲馬先安下一個驚險、恐怖的「眼」，就是維爾福夫人深夜對瓦朗蒂娜下毒，繼而又安下一個驚心動魄的「眼」，就是貝內代托在法庭上承認自己是維爾福的私生子。唐格拉爾銀行的破產、女兒的出逃以及自己落進義大利強盜的手裡，也都是一些扣人心弦的「眼」。

一部長篇小說中，有了節奏緊張、大起大落的高潮，也必然會有節奏相對舒緩，主要起交代情節、連綴故事作用的所謂「弄堂書」。這些段落，如果讓讀者走了神，整部小說也還是得砸。大仲馬在這一點上很顯功力，他或是安排懸念、設置伏筆，仍把讀者的胃口吊足（如寫卡德魯斯的撬鎖夜盜），或是大故事套小故事，從故事簍子裡揀精采的小故事來連綴大故事的情節（如由貝爾圖喬敘述貝內代托的身世），或是筆端透出幽默風趣的韻致，讓讀者調劑一下情緒，不致感到沈悶（如寫基督山買通急報站的發報員，又如寫羅馬強盜榨乾唐格拉爾的財產等等）。

此外，整部小說充滿了浪漫的傳奇色彩。羅馬的狂歡節，基督山島的地下宮殿，強盜萬帕的洞穴，都寫得色彩斑斕，各具特色，把全書的氛圍烘托得美妙而壯觀。大仲馬在小說中還不時穿插一些典故傳說，奇聞軼事中異域風情和大海、島嶼的景色描寫。所有這些，也許就構成了陀思妥耶夫斯基所說的「大仲馬情趣」吧。

說到人物性格的描寫，恐怕很難說那是本書故事成功的重要原因。但整部小說中塑造了幾十個人物形象，它們畢竟還是給讀者留下了深刻印象的。隨著情節的展開，每個人物形象還是都有其軌迹可尋，或者按黑格爾的說法，都是有其各異的「情志」的。我國讀者在讀大部頭的外國文學作品時，有時會在看了好些篇幅以後還弄不清那些長長的人名，或者把它們混淆起來。在看《基督山恩仇記》時，恐怕是不會有這種感覺的。這或許也可以作為小說人物形象鮮明而各異的一個佐證吧。

這部小說中，大約有一半篇幅是對話。這在大仲馬是很自然的，因為寫劇本可以說是他的看家本領。他筆下的人物對話，或是充滿激情，以澎湃的熱情來感染讀者，打動他們的心，或是充滿機鋒，簡潔明快而又絲絲入扣。大段的獨白可以長達幾頁、幾十頁，但看了不致叫人生厭；最短的對話可以短到只有一兩個字（例如癱瘓的老人諾瓦蒂埃用目光所作的回答），但由於往往出現在要緊關頭，所以仍顯得獨特而精采。順便說一下，諾瓦蒂埃的這個特點，使人很容易想起大仲馬在《三個火槍手》裡塑造的格力磨的形象。當初的格力磨，確實是大仲馬應付出版商按行數付稿酬的辦法一個對策，不過，看過《三個火槍手》的讀者，想必是會覺得格力磨這個人物既生動又別致。這大概也正是大仲馬的高明之處吧。《基督山恩仇記》問世後的第三年，大仲馬又把小說改編成劇本在巴黎上演，第一晚從傍晚六點演到半夜，演到愛德蒙・唐泰斯越獄為止，第二晚演完全劇。大仲馬筆下精采的對話，居然使這種馬拉松式的演出，緊緊地攫住了觀眾的心，讓他們看得如癡如醉，毫無倦意。

本書過去曾有從英譯本轉譯的中譯本，書名為《基督山伯爵》或《基督山恩仇記》。這次我們把書名改譯為《基督山恩仇記》，是經過慎重考慮的。首先，原書名中的Monte-Cristo，本來是義大利的一座位於厄爾巴島西南四十公里處的多山小島的名稱，它在義大利文中的意思是「基督山」。其次，縱觀全書，主人公唐泰斯是靠了基督山島上的寶藏，才得以實現他報恩復仇的夙願的，他在越獄後用這個島名作為自己的名字，也正隱含了基督假他之手，在人間揚善懲惡的意思。

本書依據法國巴黎CALMANN-LEVY EDITEURS版縮譯。第一章～第十二章韓滬麟譯，第十二章～第二十二章周克希譯。

第一章◎船抵馬賽

一八一五年二月二十四日，前哨聖母塔上的瞭望員發出信號，示意法老號三桅船到了；它從士麥那①出發，經過的里雅斯特②、那不勒斯③而來。船漸漸駛近，不過速度緩慢，顯得無精打采的樣子，以致看熱鬧的人們，本能地預感到，有某種不幸的事情，紛紛打聽船上會發生什麼意外。

人群裡隱隱約約瀰漫著一種不安情緒，站在聖讓瞭望臺上的一位觀者尤為焦慮，他不等海船進港，便跳上一隻小艇，下令向法老號划去，在雷瑟夫灣的對面靠上了大船。

一名年輕水手看見這個人來到，便離開了領港員身旁的崗位，脫下帽子，拿在手裡，走上前去倚在船舷上。

這個年輕人看上去有十八、九歲的樣子，身材頎長而強健，長著一對漂亮的黑眼睛和一頭烏黑的頭髮，他身上具有一種沈靜而堅毅的氣質，這是從小就習慣於同風險搏鬥的人所特有的。

「啊！是您，唐泰斯！」小艇上的人大聲說，「發生了什麼事，為什麼您的船上顯得那麼死氣沈沈？」

「真是太不幸了，莫雷爾先生！」年輕人答道，「太不幸了，尤其是對我：在船駛到奇維塔韋基亞附近時，我們失去了好心的勒克萊爾船長。」

「那麼貨物呢？」船主急忙問道。

「貨物完好無損，平安抵港，不過可憐的勒克萊爾船長……」

「他出了什麼事？」船主問道，神情明顯輕鬆多了，「嗯，這位好心的船長究竟出了什麼事？」

「他死了。」

「掉進海裡了？」

「不是的，先生，他得腦膜炎死了，臨終時痛苦極了。」

「這件不幸的事是怎麼發生的？」船主繼續問道。

「天啊，先生，完全出乎意料！勒克萊爾船長與那不勒斯港的總管交談了好久，離開時情緒非常激動；二十四小時後，他開始發高燒，三天後就死了……」

「噢！有什麼辦法呢？愛德蒙先生，」船主接著說道，他顯得愈來愈寬慰了，「人總有一死，年老的人總得讓位給年輕的人，否則，就沒有升遷的機會了；既然您向我保證貨物……」

「完好無損，莫雷爾先生，我向你擔保。這次航行，我想您可以預計賺進兩萬五千法郎以上。現在，莫雷爾先生，您想上來就請吧，」唐泰斯看見船主有些不耐煩，便說道，「那位是您的會計員唐格拉爾先生，他從船艙走出來了，您想問什麼，他都能回答您。我麼，我得照應拋錨，並給船掛喪。」

新來的人約莫二十五、六歲，臉色陰沈沈的，對上司卑躬屈膝，對下屬粗暴無禮。因此，本來他作為會計員就讓水手們厭惡，現在更加引起大家對他的普遍不滿，而與他相反，愛德蒙·唐泰斯卻受到眾人的愛戴。

「您好，莫雷爾先生，」唐格拉爾說，「您已經知道那件不幸的事了，是嗎？」

「是啊，是啊，可憐的勒克萊爾船長！他可是一位善良正直的人哪！」

「唐泰斯，」船主又轉過臉對年輕人說，「請到這裡來。」

「對不起，先生，」唐泰斯說道，「我一會兒就來。」

接著，他對全體水手說：

「下錨！」

「您看，」唐格拉爾說，「他已經自以為是船長了，我敢肯定。」

「事實上他已經是了，」船主說。

唐格拉爾的額頭上掠過一道陰霾。

「對不起，莫雷爾先生，」唐泰斯走近說道，「現在船已拋錨，我完全聽候您的吩咐。您剛才叫我，是嗎？」

唐格拉爾向後退了一步。

「我想問問您，為什麼您在厄爾巴島耽擱了？」

「我也不清楚，先生；我是為了完成勒克萊爾船長最後的一項囑咐，他在臨終前，曾交給我一包東西，是給貝特朗④大元帥的。」

「您見到他了嗎，愛德蒙？」

「誰？」

「不是說大元帥嗎？」

「見到了。」

莫雷爾向周圍張望了一下，把唐泰斯拉到一邊。

「皇上⑤好嗎？」他急忙問道。

「看起來還不錯。」

「那麼您也見到皇上了？」

「我在元帥房裡時，他也進來了。」

「您對他說話了？」

「事實上，是他先跟我講話的，先生。」唐泰斯微笑著說道。

船主親熱地拍著年輕人的肩膀，說道：「唐泰斯，您依照勒克萊爾船長的吩咐在厄爾巴島逗留過，做得好啊；雖說如果有人知道您曾把一包東西交給元帥，還同皇上交談過，您很可能會受連累的。」

「先生，在哪方面連累我？」唐泰斯問道，「我甚至不知道我帶的是什麼東西，皇上向我提的問題，他如見了任何陌生人也會這麼問的。哦，對不起，」唐泰斯轉口說道，「衛生檢查站和海關的人來了，我能走嗎？」

「當然，當然，親愛的唐泰斯。」

年輕人離開了，當他走遠之後，唐格拉爾又湊上前來。

「喔唷！」他說道，「似乎他擺出了充分的理由，說明他為什麼會在波托費拉約⑥停泊囉？」

「極為充分，親愛的唐格拉爾先生。」

「哦，好極了，」那人又說道，「看到一個伙伴不能克盡職守，心裡總是很難受的。」

「唐泰斯盡職了，」船主回答道，「沒什麼可說的了，是勒克萊爾船長命令他耽擱的。」

「說起勒克萊爾船長，他沒把船長的信轉交給您嗎？」

「誰？」

「唐泰斯。」

「交給我？沒有！怎麼，他有一封信嗎？」

「我想，除了那包東西，勒克萊爾船長還託付他轉交一封信。」

「您說的是一包什麼東西，唐格拉爾？」

「就是唐泰斯去波托費拉約時留下的那包東西。」

「您怎麼知道他有一包東西留在波托費拉約？」

唐格拉爾臉刷地紅了。

「那天我經過船長的房門口時，門半開著，我看見他把一包東西和一封信交給唐泰斯。」

「他一點也沒提起過，」船主說，「不過，假如他有這封信，他會轉交給我的。」

唐格拉爾思索了一會兒。

「這樣的話，莫雷爾先生，」他說道，「我請您千萬別對唐泰斯提起這件事，也許是我弄錯了。」

此時，年輕人走了回來，唐格拉爾走開去了。

「啊！親愛的唐泰斯，您沒事了？」船主問道。

「沒事了，先生。」

「您能來和我們共進晚餐嗎？」

「請原諒，莫雷爾先生，很抱歉，我得先去看看父親。不過，我有幸得到您的邀請，仍然非常感激。」

「好吧！您見過父親之後，就來我們這兒。」

「再次請您原諒，莫雷爾先生；見過父親之後，我還得去探望另一個人，這對我同樣重要。」

「啊，不錯，唐泰斯；我倒忘了，在加泰羅尼亞⑦人那裡，還有個人在等您，她的焦急不亞於您父親，她就是美麗的梅爾塞苔絲吧。」

「那麼我可以走了？」年輕人躬身問道。

「嗯，如果您不再有什麼話要對我說的話。」

「沒有了。」

「勒克萊爾船長在臨終時沒有讓您把一封信轉交給我吧。」

「那時他根本提不起筆來了，先生；不過，我還得向您請半個月的事假。」

「去結婚？」

「先結婚，再去巴黎一趟。」

「可以，可以！三個月之內，我們不會再出海……不過，過了這三個月，您得回到這裡噢。」船主拍拍年輕海員的肩膀又說道，「法老號出發可不能沒有船長呀。」

「不能沒有船長！」唐泰斯眼中閃爍著欣喜的光芒，大聲說道，「您的意思是任命我擔任法老號的船長嗎？」

「至少您已得了兩張選票中的一張。我一定盡力給您爭取另一張——我的合夥人。」

「啊！莫雷爾先生，」年輕人熱淚盈眶，緊緊抓住船主的雙手大聲說道，「我代表我的父親和梅爾塞苔絲謝謝您。」

「好啊，好啊，愛德蒙，天上有一個天主在保佑著正直的人。哦，對了，快去看您的父親和梅爾塞苔絲吧，過後再回來找我。」

「那麼您准假了？」唐泰斯問道。

「去吧，我已經說過了。」

船主微笑著目送他上了岸。他剛轉過臉，便看見唐格拉爾站在他的身後，後者表面上似乎在等著他的吩咐，實際上也在目不轉睛地盯著年輕海員離去。

不過，雖說這兩個人同時在看同一人，但目光裡的涵義卻迥然不同。

①土耳其一港口城市。

②義大利一港口城市，在亞得里亞海之濱。

③義大利南部港口城市和金融、文化中心，距羅馬一百九十三公里。

④貝特朗（一七七三～一八四四）：法國大元帥，曾任拿破崙副官，歷經拿破崙發動的各次重要戰役，後隨拿破崙流放厄爾巴島，死後遺骸葬在拿破崙墓旁。

⑤指當時被囚禁於厄爾巴島上的拿破崙一世。

⑥義大利厄爾巴島上的一個港口城市。

⑦加泰羅尼亞人原來居住在西班牙東部地區。

第二章◎父親與情人

唐泰斯走過整條卡納比埃爾街，進入梅朗小路方向左面的一座小樓，飛快地爬上一座陰暗的樓梯，到了第五層，在一扇半掩著的門前停下，從門縫裡一眼便可看到一間小小的房間盡頭的牆。

唐泰斯的父親就住在這間屋子裡。

老人尚未知曉法老號回來的消息，此刻他正站在一張椅子上，忙著用一隻顫抖的手把幾株夾雜著鐵線蓮的旱金蓮綁紮整齊。驀地，他感到自己被人攔腰抱住，一個熟悉的聲音在他的身後響起：

「父親，我的好父親！」

老人大叫一聲，轉過身子；接著，他看清了是自己的兒子，臉色一下變得煞白，渾身直打哆嗦，就勢倒入他兒子的懷抱。

「你怎麼啦，父親？」年輕人不安地問道，「你病了嗎？」

「沒有，沒有，親愛的愛德蒙，我的兒子，我的孩子，沒有。可是我沒料到你來，我太興奮了……哦！天主啊，我覺得我快要死了！」

「嗨，鎮靜些嘛，父親！是我呀，這是我呀！聽人常說快樂不傷身體，所以我悄悄地進來了。嗨，對我笑呀，我回來了，我們會過得快活的。」

「啊！再好不過啦，孩子！」老人接著說，「可是我們怎麼會快活呢？你難道再也不離開我了嗎？來，快把你的高興事兒講給我聽聽。」

「願天主寬恕我，」年輕人說，「我把幸福建築在一家人的喪事之上了！可是天主知道，我並不希求這樣的幸福，但是既然來了，我也做不出悲哀的樣子。好心的勒克萊爾船長死了，父親，多虧莫雷爾先生的舉荐，我有可能取得他的位子。你明白嗎？父親？二十歲就當上船長！薪金有一百金路易①，還可以分紅！一個像我這樣可憐巴巴的

水手從前連想也不敢想啊，是嗎？」

「是呀，我的兒子，確實如此，」老人說，「是喜事一樁啊！」

說著，老人筋疲力盡，仰面向後倒去。

「怎麼啦！怎麼啦！」年輕人說道，「喝一杯葡萄酒，父親，你就會恢復的。你把酒放到哪兒去啦？」

說完，他打開兩三只櫃子。

「找不到的……」老人說，「沒有酒了」。

「什麼，沒有酒了！」這回唐泰斯也開始臉發白了，他看著老人凹陷而蒼白的臉頰，又看看空空如也的櫃子說，「什麼，沒有酒了！你真的缺錢用嗎？父親？」

說著他就把口袋裡的錢全都倒在桌子上，總共有十來個金幣，五、六個法郎面值的埃居②和一些零星角子。

老唐泰斯的臉綻開了笑容。

「噓！有人來了。」唐泰斯突然聽見樓梯上有動靜。

「準是卡德魯斯，他得知你回來了，大概來說幾句祝你平安歸來之類的客氣話吧。」

果真，在樓梯門口就露出了卡德魯斯那張長滿鬍子的黑臉。此人約莫有二十五、六歲，他是裁縫，手裡拿著一塊呢料，正準備把它改成一件衣服的襯裡。

「啊！你回來啦，愛德蒙？」他帶著濃重的馬賽口音，咧開了嘴笑著說道，露出一口白得像象牙的牙齒。

「回來啦，卡德魯斯鄰居，我正準備如何使您高興一下哩，」唐泰斯答道，表面上的幾句客氣話也難以掩飾他內心的冷漠。

「太好了，太好了！這樣會讓所有的老朋友高興的，還有，我知道在聖尼古拉城堡那裡還有個人也會非常高興的。」

「梅爾塞苔絲？」老人問。

「是的，父親，」唐泰斯說道，「現在我看過您了，我知道您身體不錯，也不缺什麼，我請求你允許我到加泰羅尼亞人的村子裡去看看。」

「去吧，我的孩子，」老唐泰斯說，「但願天主保佑你而降福於你的妻子，如同它保佑我而降福於你一樣。」

「他的妻子！」卡德魯斯說，「您說到哪裡去了，唐泰斯老爹！她似乎還不是他的妻子吧。」

「還不是，不過，」唐泰斯答道，「極有可能她在不久的將來就是了。」

「這沒關係，沒關係，」卡德魯斯說，「可是你得趕快操辦才好，小伙子。」

「為什麼？」

「因為梅爾塞苔絲是一位美麗的姑娘，美麗的姑娘少不了有許多追求者，尤其是她，身後總有成打的人跟著哩。」

「真的嗎？」愛德蒙說，微笑中露出一絲不安，「我這就去。」

他擁抱了父親，向卡德魯斯點頭致意後便走了出去。

卡德魯斯又待了一會兒，然後，他向老唐泰斯告別，也下了樓，又去找唐格拉爾，後者在塞納克街角等著他。

「怎麼樣，」唐格拉爾問道，「你看見他了？」

「我剛跟他分手，」卡德魯斯答道。

「他說到希望當船長了嗎？」

「他講到這件事時，口氣就像已經當上船長了。」

「呸！」唐格拉爾說，「他還不是呢。」

「天哪，他還是當不成的好，」卡德魯斯說，「要不，就別想跟他說上話哩。」

「假如我們願意，」唐格拉爾說，「他以後還是老樣子，甚至比現在還不如。」

「你說什麼？」

「沒什麼，我在自言自語呢。對了，他還愛著那個漂亮的加泰羅尼亞姑娘嗎？」

「愛得發瘋呵。他去她家了。如果不是我猜錯的話，他在這方面會遇到不順心的事情的。」

「請把你所知道的有關這個加泰羅尼亞姑娘的事兒告訴我好嗎？」

「好吧，我看見每次梅爾塞苔絲進城，總有一個身材高大的加泰羅尼亞小伙子陪伴著，他長著一對黑眼睛，皮膚黝黑透紅，神采奕奕，她稱他為堂兄。」

「哦，當真！你認為這位堂兄在追求她嗎？」

「我猜是的。一個二十一歲的小伙子對一個十七歲的漂亮姑娘能做些什麼呢？」

「你說唐泰斯去加泰羅尼亞人村子了？」

「他比我先走一步。」

「我們也往那兒走，到雷瑟夫酒店停下來，一邊喝拉瑪爾格葡萄酒，一邊等待消息，怎麼樣？」

「走，」卡德魯斯說，「是你付酒錢嗎？」

「當然，」唐格拉爾答道。

於是，兩人快步走向預定地點。

兩位朋友一面痛飲泛著泡沫的拉瑪爾格葡萄酒，一面豎起耳朵，極目遠眺。百步開外，在一個被烈日和寒風消蝕的光禿禿的小山包後面，矗立著一座加泰羅尼亞人的村落。

請讀者隨我們穿過這個小村落裡唯一的一條街，並與我們一起走進一所房子。這些房子的外表由於常年日照，變成了美麗的枯黃色，形成了當地建築的特色。房子裡面塗了一層石灰，這種白顏色便是這些西班牙式小客舍的唯一裝飾。

一位年輕美貌的姑娘倚靠在一塊板壁上站著。她的頭髮像煤玉般烏黑發亮，睫毛濃密，一對大眼睛像羚羊眼睛似的溫柔，她那纖細而具有古典美的手間，正揉著一株無辜的歐石南；她的手臂裸露到手肘處，棕色的臂膀彷彿是照阿爾的維納斯女神的模樣複製的。

在離她幾步遠處，有個二十一、二歲的高大小伙子坐在椅子上，急劇而不連貫地搖晃著，胳膊支在一張蛀蝕的老式家具上，他看著她，眼神中流露出內心既不安又氣惱的矛盾情緒。

「您瞧，梅爾塞苔絲，」年輕人說，「復活節就要到了，這正是舉行婚禮的好時候，答應我吧！」

「我已經回答您一百次了，費爾南，說真的，您老是問我，就是與自己過不去了。」

「對，我知道，梅爾塞苔絲，」年輕人答道，「是啊，您對我坦誠相告，這很好，但這畢竟又是殘酷的。可是，加泰羅尼亞人有一條神聖的族規，就是只能同族通婚，難道您忘了嗎？」

「您錯了，費爾南，這不是一條族規，而是一個習俗，如此而已。相信我，別靠這個習俗幫您的忙啦。」

「這麼說，梅爾塞苔絲，您對我如此無情，如此殘酷，僅僅因為您在等著另一個人，是嗎？」

加泰羅尼亞小伙子狂怒地打了一個手勢。

「我明白您的意思，費爾南，因為我不愛您，所以您才恨他，您會用您的加泰羅尼亞短刀去和他的匕首決鬥！這樣對您有什麼好處呢？倘若您輸了，您就會失去我的友誼；倘若您贏了，您會看到我的友誼變為仇恨。請相信我的話，對一個女人所愛的男人挑釁，不是取悅這個女人的好辦法。」

費爾南沒有任何表情，他不想擦去滾落在梅爾塞苔絲雙頰上的淚珠；然而，為換取這每一滴眼淚，他甚至願意付出自己的一杯鮮血，可是這些眼淚是為另一個人流淌的。

「梅爾塞苔絲！」屋外，一個人歡快地大聲叫道，「梅爾塞苔絲！」

「啊！」姑娘的臉上泛出興奮的紅光，她幸福得蹦跳起來，大聲喊道，「您看哪，他沒有忘掉我，他來了！」

說著，她向門口衝去，一邊打開門一邊大聲說：「來吧，愛德蒙，我在這兒。」

愛德蒙和梅爾塞苔絲緊緊地擁抱著。陡地，愛德蒙發現了在陰暗處呈現出來的費爾南那張陰沈、蒼白而怕人的臉。年輕的加泰羅尼亞人本能地把手按在掛在腰帶上的短刀上。

「哦，對不起！」唐泰斯皺了一下眉頭說，「我沒發現這裡有第三個人。」

接著，他向梅爾塞苔絲轉過身子。

「這位先生是誰？」他問道。

「這位先生將成為您最好的朋友，唐泰斯，因為他是我的朋友，我的堂兄，我的哥哥，他是費爾南。也就是說，愛德蒙，除您之外，他是我在世界上最喜歡的人。您不認識他了？」

「啊，認識，」愛德蒙說道。

於是，他一隻手仍緊握著梅爾塞苔絲的手，把另一隻手以友好的動作伸向加泰羅尼亞人。

然而，費爾南對這友好的舉動毫不理會，他像一尊雕像那樣沈默不語，一動也不動。

他的臉上升起了怒火。

「我這麼忙著趕來，梅爾塞苔絲，沒料到會遇上一個對頭。」

「一個對頭！」梅爾塞苔絲怒氣沖沖地看著她的堂兄，大聲說道，「您說，在我家裡有一個對頭，愛德蒙！假如我也這麼想，我就會挽著您的胳膊到馬賽去，離開這個家，再也不回來了。」

「不過你想錯了，愛德蒙，」她接下去說，「你在這裡根本沒對頭，只有費爾南，我的哥哥，他會像一個忠誠的朋友那樣緊握你的手。」

說完，姑娘目光嚴厲地注視著這個加泰羅尼亞人，後者彷彿被這目光捕獲似的，慢慢地走近愛德蒙，向他伸出手去。

但是，當他剛接觸到愛德蒙的手，就感到他該做的也僅此而已，便一下子衝出屋去。

「呵！」他一邊大聲說，一邊像個瘋子似的狂奔著，雙手插進他的頭髮裡，「呵！有誰能替我除掉這個人！我太不幸了！太不幸了！」

「喂！加泰羅尼亞人！喂，費爾南！你到哪裡去？」一個聲音傳來。

年輕人猛地停下來，向周圍張望，看見卡德魯斯與唐格拉爾坐在蔓葉蔭翳的涼棚下的一張桌子旁。

「喂！」卡德魯斯說，「你為什麼不來坐坐？你就這麼著急，連向老朋友打個招呼的時間都沒有了？」

「尤其是這兩位朋友面前還有幾乎滿滿的一瓶酒哩。」唐格拉爾補充道。

費爾南擦了擦額頭上的汗水，慢吞吞地走進涼棚，濃蔭下他的感官似乎清醒了一點兒，一絲涼意也使他心力交瘁的身子舒服些了。

「你們好，」他說，「你們叫我是嗎？」

說著，他一下子便癱倒在桌邊的一張椅子上。

「啊！你看到了吧，唐格拉爾，」卡德魯斯對他的朋友使了個眼色說，「事情是這樣的：你看到的費爾南是一個善良正直的加泰羅尼亞人，是馬賽最能幹的一個捕魚高手，他愛上了一個名叫梅爾塞苔絲的美麗姑娘，可不幸的是，好像美麗的姑娘這邊又愛上了法老號的大副，而法老號就在今天進港了，你明白了嗎？」

「不，我不明白，」唐格拉爾說。

「哦！說真的，不管怎麼說。」卡德魯斯說道，他邊喝邊談，翻著泡沫的拉瑪爾格葡萄酒已經在他身上發揮威力了，「不管怎麼說，唐泰斯走運回來了，費爾南可不是唯一的受害人，是嗎？唐格拉爾？」

「對，你說得對，我幾乎敢說，他會為此倒楣的。」

「沒什麼，」卡德魯斯說著給費爾南斟上一杯酒，又把自己的酒杯斟滿，這已經不下八次了，而唐格拉爾只是抿了抿酒，「沒什麼，這當口他可要娶那位美麗的梅爾塞苔絲了，再說，他至少就是為這件事回來的麼。」

這時候，唐格拉爾以銳利的目光打量著年輕人，卡德魯斯的話如同開花彈似的擊中了他的心臟。

「呃！呃！呃！」卡德魯斯說道，「我看到什麼啦，在那座小山崗的頂上，朝加泰羅尼亞村落的方向看看？看哪，費爾南，你眼力比我好，我想我有些眼花了；好像那兒有一對情人挽手，肩並肩在走著吧。天主饒恕我！他倆不知道我們看得見他們。瞧，這會兒他們摟在一塊兒啦！」

唐格拉爾沒有放過費爾南每一絲苦惱的神情，眼看著他的臉走了樣。

「您認識他倆嗎，費爾南先生？」他問。

「認識，」後者聲音嘶啞地回答說，「是愛德蒙先生和梅爾塞苔絲小姐。」

「喂，唐泰斯！喂，美麗的姑娘！到這裡來一會兒，告訴我們何時舉辦婚禮吧！」卡德魯斯突然喊著。

唐格拉爾則輪番看著這兩個人：一個被酒灌得稀里糊塗，另一個完全被愛情所左右了。

「哎喲！」卡德魯斯支起身子，把兩隻拳頭撐在桌面上大聲說，「哎喲！愛德蒙！你沒有看見朋友嗎，要不就是你春風得意，驕傲得都不屑跟他們講話了？」

「不，親愛的卡德魯斯，」唐泰斯答道，「我不是驕傲，而是幸福，我想幸福比驕傲更能讓人視而不見呀。」

「這麼說，婚禮很快就要舉辦了，唐泰斯先生？」唐格拉爾邊向這一對年輕人致意，邊說道。

「盡可能早些，唐格拉爾先生，今天，我們要到唐泰斯老爹那裡把一切先談妥，明天，至遲後天，訂婚宴席就在這裡的雷瑟夫酒店舉行。我希望朋友們都能參加，我這就是在對您說，您是我們的客人，唐格拉爾先生；這也是在對你說，你也是客人，卡德魯斯。」

「那麼費爾南呢？」卡德魯斯癡癡地笑著說，「他也受到邀請嗎？」

「我妻子的哥哥就是我的哥哥，」愛德蒙說道，「梅爾塞苔絲和我在這樣的時刻見不到他與我們在一起，會感到遺憾的。噢，在此之前，我還得去一趟巴黎。」

「您在那裡有事要辦？」

「不是私事，是為了完成可憐的勒克萊爾船長的最後一個囑託；要知道，唐格拉爾，這是一個神聖的使命。再說，您放心，我去去就來。」

「對，對，我理解，」唐格拉爾大聲說。

接著，他又自忖道：

「到巴黎去大概是轉交大元帥給他的那封信，啊哈！這封信讓我產生了一個想法，一個錦囊妙計！啊！」

於是，他又轉向愛德蒙，後者已經走開了。

「一路平安！」他衝著他大聲叫道。

「謝謝，」愛德蒙回過頭來打了一個友好的手勢說道。

這一對情人繼續往前走去，內心平靜，歡歡喜喜，就像兩個升天的使者。

①有路易十三等人頭像的法國舊金幣，一個金路易相當二十法郎。

②法國十三世紀以來鑄造的各種金或銀幣，尤指五法郎銀幣。

第三章◎陰謀

唐格拉爾目送著愛德蒙和梅爾塞苔絲，一直到他倆消失在聖尼古拉要塞的拐角處。

「啊唷！親愛的先生，」唐格拉爾對費爾南說，「我看這門婚事並沒讓所有的人高興，是嗎？」

「它讓我絕望，」費爾南說。

「瞧，」唐格拉爾說，「看來您是一個可愛的孩子，我倒真願意讓您擺脫困境，但是……」

「您說，先生，」費爾南接著說道，「您願意幫我擺脫困境，您還說了聲『但是』

……」

「好，我說但是……為了讓你擺脫困境，只要唐泰斯娶不上您所愛的人就行了；依我看，這門婚事是很容易吹掉的，唐泰斯也不必非死不可。」

「只有死才能把他倆分開，」費爾南說。

「您的腦子真不開竅，我的朋友，」卡德魯斯說，「這位唐格拉爾才機靈、狡猾，像個希臘人吶，他會向您證明，您想錯了。證明給他看吧，唐格拉爾，我給你打了包票。」

費爾南不耐煩地站了起來。

唐格拉爾挽住年輕人說道：「假如在愛德蒙和梅爾塞苔絲之間隔著一堵監獄的牆，他倆就會分離，與墓地內外無異了。」

「您有這個辦法嗎？」

「夥計，」唐格拉爾說，「把筆、墨水和紙拿來！」

「筆、墨水和紙！」費爾南咕噥道。

「是的，我是會計員，筆、墨水和紙是我的工具，沒有工具，我什麼事也幹不了。」

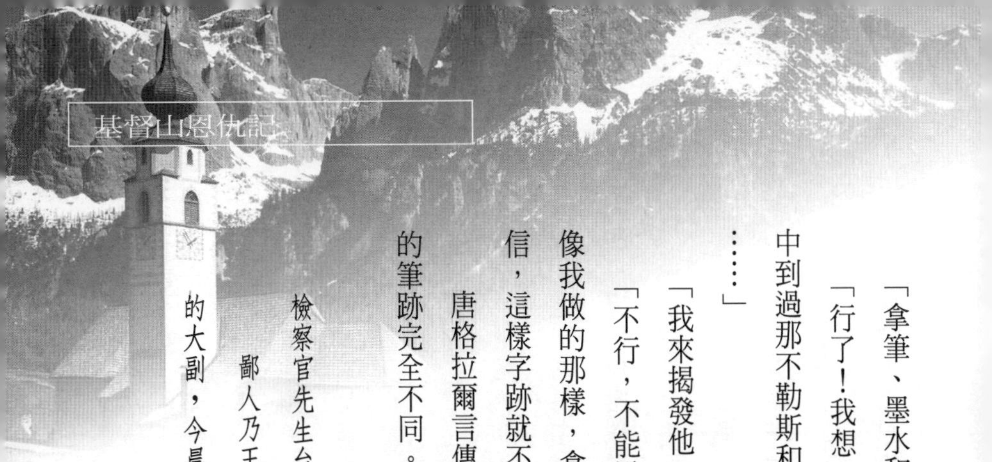

「拿筆、墨水和紙來！」這回是費爾南在大聲叫喊了。

「行了！我想，譬如說，」唐格拉爾接口說道，「唐泰斯剛剛在海上轉了一圈，途中到過那不勒斯和厄爾巴島，如果有某個人向檢察官揭發他是波拿巴①分子的眼線的話……」

「我來揭發他，我！」年輕人立刻說道。

「不行，不能這樣，」唐格拉爾立即說道，「如果要這樣幹，瞧，還不如簡簡單單像我做的那樣，拿起一枝筆，在墨水裡蘸一下，用左手寫一封這樣內容的短短的告密信，這樣字跡就不會被人認出來了。」

唐格拉爾言傳身教，一邊說著，一邊用左手寫下幾行字體向左傾斜的字，與他通常的筆跡完全不同。他把短箋遞給費爾南看，費爾南輕聲念了起來：

檢察官先生台鑒：

鄙人乃王室與教會的朋友。茲稟告有一名叫愛德蒙・唐泰斯者，是法老號船上的大副，今晨從士麥那港而來，中途在那不勒斯和波托費拉約港口停靠過。

繆拉②有一信託他轉交謀王篡位者，後者復命他轉交一信與巴黎的波拿巴黨人委員會③。

逮捕此人時便可得到他的犯罪證據，因此信不是在他身上，就是在他父親家中，或是在法老號上他的艙房裡。

「成功啦，」唐格拉爾接下去說道，「這樣，您的報復就不會暴露，因為在任何情況下，您都不會反過來遭到報復。水到渠成嘛，眼下，只要把信摺起來，像我做的這樣，在上面寫上『致檢察官先生』，一切就妥啦！」

唐格拉爾輕鬆地寫地址。

「是呀，一切都妥啦，」卡德魯斯大聲說道，他憑著最後一點知覺，聽完了信的內容，本能地意識到這樣一封告發信，會帶來什麼樣的不幸後果，「是呀，一切都妥啦，不過，這可是無恥的行徑呀。」

「啊哈，」唐格拉爾說，「我說什麼做什麼，都只是開開玩笑嘛！如果唐泰斯，這位好唐泰斯當真出了什麼事情，我第一個會感到難過！啊，瞧……」

他拿起信，在手上揉成一團，扔到涼棚的一個角落裡。

「行啦，你喝得夠多啦，酒鬼，」唐格拉爾說，「如果你再喝，就只好躺在這裡了。」

此刻，卡德魯斯已醉得只好任人擺布，唐格拉爾抓住這個時機，帶他向馬賽方向走去；唐格拉爾走出二十來步，回過頭來，看見費爾南正撲過去撿起那封信，把它揣在口袋裡；接著，年輕人衝出涼棚，向皮隆方向走去。

---

①即拿破崙，波拿巴是他的名。

②繆拉（一七六七～一八一五）：拿破崙麾下的著名元帥。

③一八一四年六月拿破崙失勢，在厄爾巴島隱居。昔日王室成員和教會又東山再起，但仍有許多人擁戴拿破崙，他們在全國範圍內成立了許多地下組織。巴黎的委員會是其中的一個。

第四章◎訂婚宴席

次日是個大晴天。純淨而明麗的太陽升起來了。紫紅的曙光鮮豔奪目，把泛著泡沫的浪尖點綴得絢麗多彩。

雖然午宴定於正午舉行，但從上午十一點鐘起，欄杆上靠著許多散步散得已經不耐煩的來賓。這些都是法老號上有身分的海員，還有幾名士兵，也是唐泰斯的朋友。為了給這對新人賀喜，大家都穿上了最漂亮的節日盛裝。

消息傳開了，說是法老號的幾位船主也將作為貴賓蒞臨，為大副的訂婚宴席增光添彩。

果然，在唐格拉爾帶著卡德魯斯來到後不久，莫雷爾先生也走進了房間，法老號的船員紛紛向他致敬，並一齊鼓起掌來。

又有一簇人迎面走來。這一簇人中有四位少女，她們都是梅爾塞苔絲的朋友，也像她一樣是加泰羅尼亞人，她們伴隨著挽著愛德蒙胳膊的新娘；走在新娘身旁的是唐泰斯老爹，費爾南則走在他們的身後，臉上掛著不懷好意的笑容。

這對新人和陪伴他倆的人剛剛走近雷瑟夫酒店，莫雷爾先生便走下來，向他們迎去，他身後跟著船員和士兵，他剛才與他們待在一起時，又重新提起對唐泰斯許下的諾言，也就是說他將接替勒克萊爾船長。愛德蒙看見他走過來，抽出被未婚妻挽著的胳膊，讓她去挽著莫雷爾先生。這時，船主和姑娘率先登上通往設宴大廳的木質樓梯，樓梯在賓客沈重的腳步下足足震響了五分鐘之久。

「爸爸，」梅爾塞苔絲在餐桌中間停下來說道，「請您坐在我的右首；至於我的左首，我邀請那位對我就像哥哥一樣的人坐。」她溫柔地說道，那分柔情像把匕首似的扎進費爾南心靈深處。

「朋友們！」唐泰斯說道，「莫雷爾先生是除父親外，我在世上欠情最多的人，多虧他的貸款，所有的困難都克服。我們已付了結婚告示費用，下午兩點半鐘，馬賽市長將在市政廳等我們。現在，一點一刻的鐘響剛剛敲過，因此我說再過一小時三十分鐘梅爾塞苔絲將改稱為唐泰斯太太了。」

「這麼說，我們吃的這桌訂婚宴也就是結婚喜酒囉。」唐格拉爾說道。

「不是的，」唐泰斯說，「您不會吃虧的，放心吧。明天一早，我去巴黎。四天去，四天回，用一天時間把受託的事情辦完；三月一日，我就回來，三月二日，舉辦真正的結婚喜宴。」

賓客聽到還將有一次宴請，情緒更加高漲。

幾乎就在此時，樓梯上傳來了沈悶的轟轟聲。沈重的腳步聲、含糊不清的說話聲夾雜著槍枝的碰撞聲，一齊蓋住了賓客已經喧鬧異常的歡呼聲，於是一下子吸引了所有的人，大家紛紛不安地默不作聲了。

「以法律的名義！」一個人用清脆的嗓門說道，四周無人應答。

門立即打開了，一個掛著肩帶的警長走進大廳，另一名伍長帶著四名士兵跟隨其後。

恐懼代替了不安的情緒。

「發生了什麼事？」船主走到那位他認識的警長面前問道，「可以肯定地說，先生，這裡面有誤會。」

「如果有誤會的話，莫雷爾先生，」警長回答道，「那麼請相信，這場誤會很快就會澄清。現在，我身上帶有逮捕令，雖然我執行此任務不無遺憾，但我得不折不扣去完成。先生們，請問你們之中誰是愛德蒙·唐泰斯？」

所有的人都把目光轉向年輕人，他很激動，但仍不失尊嚴，向前跨了一步，說：

「是我，先生，您有什麼事？」

「愛德蒙·唐泰斯，」警長接著說，「我以法律的名義逮捕您！」

「您逮捕我！」愛德蒙說，他的臉色微微泛白，「但為什麼要逮捕我呢？」

「我不清楚，先生，不過經過首次審訊以後，您就會知道了！」

莫雷爾先生心裡有數，在這種情形下是毫無通融餘地的；相反，老人卻撲向警官，他又是請求又是哀號，眼淚和哀求都無濟於事。

唐泰斯卻面帶微笑，向所有的朋友一一握手，然後邊投案邊說道：

「請放心吧，誤會總會澄清的，也許沒等我走進監牢就沒事了。」說完，他就跟警長走了。

「各位請在這兒等著我，」船主說，「我看見馬車就搭上，直奔馬賽，我會把消息帶來的。」

很快，唐泰斯是波拿巴分子的眼線，剛剛被逮捕的消息，傳遍了整座城市。

「您能相信這是真的嗎？親愛的唐格拉爾？」莫雷爾先生對他的會計員和卡德魯斯說道，因為此時他急於進城，想從代理檢察官德．維爾福先生那裡，直接打聽愛德蒙的消息，他早先與這位先生有點頭之交，「您相信這是真的嗎？」

「唉，先生！」唐格拉爾答道，「我早先告訴您，唐泰斯毫無理由地在厄爾巴島停泊過，而我總覺得這次停靠有些蹊蹺。」

「是啊，可是目前，法老號就沒有船長了。」莫雷爾先生說。

「喔！有我哩，莫雷爾先生，」唐格拉爾說，「您知道，我懂得如何操縱一條遠航的商船，並且不亞於任何一個經驗豐富的船長。用我還有一個好處，就是如果愛德蒙從監牢裡放出來了，您就無需再還誰的情，他與我只需各司其職就行，省事多了。」

「謝謝您，唐格拉爾，」船主說，「這一來事情就都解決了。請您負責指揮吧，我現在就委任您了，並請監督卸貨。」

「放心吧，先生；那麼，我們至少能否去看看善良的愛德蒙呢？」

「待一會兒我會通知您的，唐格拉爾；我設法與德．維爾福先生談談，並且請他代為這個犯人說說情。我知道他是一個狂熱的保王分子，那又有什麼！無論他是保王分子還是檢察官，他總是個人，況且我不認為他是個壞人。」

說完，他離開了兩位朋友，踏上去法院的路。不幸的是，他為唐泰斯再三向維爾福求情，也打動不了後者的鐵石心腸。

第五章◎審訊

維爾福穿過候見室，對唐泰斯斜瞟了一眼，順手拿起一個警察交給他的一只大信封，邊出門邊說道：

「把犯人帶上。」

不一會兒，唐泰斯走進來了。

「您是誰，叫什麼名字？」維爾福邊翻著進門時警察交給他的筆錄邊問道。一小時之內，筆錄已摞成厚厚的一疊，許多間諜活動案都莫名其妙地迅速與這個被稱為罪犯的不幸的人聯繫在一起了。

「我叫愛德蒙・唐泰斯，先生，」年輕人口齒清楚，聲調平穩地回答道，「我是法老號船上的大副，該船為莫雷爾父子公司所有。」

「您的年齡？」維爾福接著問。

「十九歲，」唐泰斯答道。

「您在篡權者手下效勞過嗎？」

「我剛要編入海軍，他就倒臺了。」

「先生，」維爾福說，「您有什麼仇人嗎？」

「我有仇人？」唐泰斯說，「我有幸是一個無足輕重的人，我的地位不足以結識仇人。至於我的脾氣，也許有點急躁，但我一直十分注意對手下人溫和些。」

維爾福從口袋裡抽出一封信，放在唐泰斯眼前。唐泰斯看看，念了起來。他的腦際掠過了一道陰影。

「那麼再來看看，」代理檢察官說，「現在，請直言不諱地告訴我，在這封匿名告密信中有什麼實情沒有呢？」

「好吧！勒克萊爾船長離開那不勒斯後，得了腦膜炎，一病不起；由於我們的船上沒配備醫生，他又急於到厄爾巴島去，不願意中途在任何港口的停留，因此他的病情越來越重，一直拖到第三天，他覺得自己快死了，才把我叫到他的跟前。

「『親愛的唐泰斯，』他對我說，『您以榮譽發誓照我馬上要對您說的話去做，這可事關重大喲。』

「『我向您發誓，船長，』我回答他說。

「『那好，我死後，您作為大副來指揮這艘船，您把船開往厄爾巴島，在波托費拉約靠岸，去找大元帥，您把這封信交給他。也許他要交給您另外一封信，並囑咐您辦一件事情。原來這件事情該由我來辦的，唐泰斯，現在由您替代我去完成，一切由此而來的榮譽歸於您。』

「『我會去做的，船長，但也許接近大元帥不如您想像得那麼容易吧。』

「『這兒是一枚戒指，您讓他手下的人交給他，』船長說，『一切困難便會迎刃而解。』

「說完，他交給我一枚戒指。此事說得正是時候，因為兩小時後他昏了過去，次日，他便死了。」

「那麼您怎麼去做的？」

「我做了我應該做的事情，先生。」

「是的，是的，」維爾福低聲說道，「這些看來都是事實；即便您有罪，也是疏忽所致，而這疏忽是為了執行您的船長的命令。現在，請您把在厄爾巴島收到的那封信交給我們，並向我保證您將出席第一次聽證會，然後您就去找您的朋友吧。」

「這麼說我自由了，先生！」唐泰斯興奮至極，大聲說道。

「是的，不過，您得把信交給我。」

「信大概在您那裡，先生；因為警察把這封信和其他紙張一起搜走了，在這疊文件裡，我認得出幾張來。」

「等等，」代理檢察官對唐泰斯說，後者已去拿自己的手套和帽子了，「請等等，信是寫給誰的？」

「致巴黎雞鷺街的諾瓦蒂埃先生。」

恰似一個響雷炸在維爾福的頭上，他迅速從案卷中抽出那封至關重要的信，驚恐地瞥了一眼。

「諾瓦蒂埃先生收，雞鷺街十三號，」代理檢察官輕聲念道，臉色越來越白。

「是的，先生，」唐泰斯驚訝地問道，「您認識他嗎？」

「不，」維爾福立即回答，「國王忠實的臣僕不會認識謀反者。」

「那麼與謀反有關囉？」唐泰斯問道，他本以為獲得自由了，這下又開始害怕起來，且比第一次更甚，「不管怎麼說，先生，我已經對您說過了，我完全不知道我身上攜帶的這封信件的內容。」

「對，」維爾福聲音喑啞地說道，「但是您知道收信人的姓名！」

「為了送交給收信人本人，先生，我當然應該記住。」

「您沒有把這封信給任何人看過嗎？」維爾福邊看邊說道，他越往下看，臉色越蒼白。

「沒有給任何人看過，先生，我發誓！」

「那麼沒有人知道您從厄爾巴島帶來了一封轉交諾瓦蒂埃先生收的信囉？」

「沒有人知道，先生，除了交給我信的那個人，先生。」

「已經夠啦，這就已經夠啦！」維爾福喃喃自語道，「哦！倘若他知道信的內容，並有朝一日知道諾瓦蒂埃就是維爾福的父親的話，那麼我就完了，徹底完了！」

維爾福強打起精神，盡量以平靜的口吻說道：

「先生，從對您審訊來看，您的罪名是嚴重的，我不能如一開始我個人希望的那樣，擅自作主立即還您自由，在作出這樣的決定之前，我得先去問問預審法官。你的最重要的罪名來自於這封信，你瞧……」

維爾福走近壁爐，把信扔進火裡。

「啊！」唐泰斯大聲說道，「先生，您真仗義，您是善良的化身，我一切聽從您的安排。」

「現在，信已燒掉，只有您我知道有過這麼一封信，如果有人問起，您就大膽地否認，堅決否認，這樣，您就有救了。」

「我會否認的，先生，」唐泰斯感激涕零。

「這是您身上帶著的唯一的一封信嗎？」維爾福又問道。

「唯一的一封。」

「請發誓。」

唐泰斯伸出一隻手。

「我發誓。」他說。

維爾福拉響了鈴。

警長走進來了。

「請跟這位先生去吧，」維爾福對唐泰斯說道。

唐泰斯欠身致意，向維爾福感激地看了一眼，走了出去。

門剛關上，維爾福疲憊不堪，幾乎昏倒在扶手椅上，他喃喃地說：

「哦，天主啊！我的身家性命在此一舉啊！……假如檢察官此時在馬賽，假如召來的是預審法官而不是我，我就完了；而這封信，這封該死的信將把我推向深淵。啊，父親，父親，難道您在這世上永遠是我幸福的障礙，難道我必須與您的過去鬥爭到底！」

驀地，一道突如其來的光芒似乎劃過了他的頭腦，頓時照亮了他的臉；一絲微笑浮現在他那仍然痙攣著的嘴上，他那惶恐的雙眼定了神，彷彿停留在一個想法上面。

「就這樣，」他說道，「是啊，這封信本來可能毀了我，這下也許反而會成全我。幹吧，維爾福，快快行動。」

第六章◎伊夫堡

唐泰斯被帶進他的牢房時已經是下午四點鐘。我們前面說過了，那天是三月一日，所以犯人待了不多會兒便陷入黑暗包圍之中。

不一會兒，他又被帶到了一個港口，坐上了小艇。

「你們要把我帶到哪兒去？」他向一個憲兵問道。

「您待會兒就知道了。」

「但是……」

「我們奉命禁止向您作任何解釋。」

唐泰斯站起身，目光很自然地投向小艇，似乎在駛近的那一點上，在前方將近一百托瓦茲①開外，他看見隆起一座陡峭險峻的黑黝黝的大岩石，岩石上似乎添加了一塊燧石，那便是陰沈沈的伊夫堡。

小艇猛烈撞擊了一下，晃動起來。船尾觸及一塊岩石，一個水手跳了上去，一條鐵索在滑輪上放開，吱嘎作響。唐泰斯明白，他們到達了目的地。

犯人隨著引路人走，後者把他帶到一間幾乎埋在地下的大房間，一盞小油燈放在木凳上，房間的牆面光禿禿、水淋淋，似乎浸透了淚水的霧氣。

唐泰斯站著度過了一夜，沒有片刻合眼。

次日，在同一時刻，獄卒又進來了。

「我想和典獄長說話。」

「喔？」獄卒很不耐煩，說，「這是不可能的。」

「那麼，」唐泰斯說，「假如沒有這樣的機會，我在這裡像這樣得等多久？」

「天哪！」獄卒說道，「一個月，三個月，六個月，或許一年。」

「太長了，」唐泰斯說道，「我要馬上見到他。」

「啊！」獄卒說，「您別老纏住一個做不到的要求不放嘛；這樣下去，出不了半個月，您就會變瘋了。」

「是的，變瘋；發瘋都是這麼開頭的，我們這裡就有一個先例：一個神甫先前住在您的這間牢房裡，他老想著要給典獄長一百萬法郎來換取自由，久而久之他就神經錯亂了。」

「他離開這間牢房多久了？」

「兩年。」

「他被釋放了？」

「沒有，他被投進了地牢。」

唐泰斯突然抓起凳子，在獄卒的頭上揮舞。

「行啦！行啦！」獄卒說，「好吧！既然您堅持，我這就去稟報典獄長。」

獄卒走出去，一會兒又走回來，領來四個士兵和一個伍長。

「典獄長有令，」他說，「把犯人帶到下一層牢房去。」

「就是去地牢，」伍長說道。

「是去地牢：瘋子就得跟瘋子關在一起。」

四個士兵向唐泰斯撲來，他癱軟下來，毫無抵抗地跟他們走了。

唐泰斯度過了被遺忘在監獄裡的犯人經歷的所有痛苦階段。

話說那一天，愛德蒙昏昏然有些麻木，神志恍惚之中產生某種舒適的感覺。晚上，將近九點鐘光景，他突然聽到在靠床的一面牆壁上傳來沈悶的聲響。

這是一種均勻的搔扒聲，似有一隻巨爪在抓或是一顆巨牙在啃，要不就是一件什麼工具在挖掘石塊。聲音持續了將近三個小時，爾後，他聽到了一種像是東西倒坍的聲音，接著便是一片死寂。

幾小時後，聲音又傳來了，而且更響更近。

不一會兒，聲響變得異常清晰了，現在，年輕人毫不費勁便能聽清楚。

愛德蒙走到牢房的一角，抽出一塊因潮濕而鬆動的石磚，在響聲最清晰處的那塊牆上也敲打起來。

他連敲了三下。

敲第一下時，那邊的響聲便神奇地停止了。

愛德蒙以全部身心傾聽著。一小時過去了，兩小時過去了，沒傳來新的聲響。愛德蒙在牆的那邊造成了一片死寂。

三天過去了，死寂般的七十二小時是每分鐘數著度過的。

終於在一天晚上，唐泰斯已習慣成自然地又一次把耳朵貼近牆壁，他似乎感到沈默的石塊引起的輕微震動，在他的頭腦裡嗡嗡作響。

不該再有疑問了，另一邊肯定有什麼動靜；愛德蒙因新的發現而壯了膽，決心幫助那個不知疲倦的勞動者。

地牢的全部家具就是一張床、一把椅子、一張桌子、一只水桶和一只瓦罐。

唐泰斯只有一個辦法，就是打碎瓦罐，取下一片帶棱角的瓦片，開始工作。

他把瓦罐扔在石板地上，選了兩、三塊有尖角的瓦片，藏在草褥裡，讓其他瓦片散落在地面上，打破瓦罐是很自然的意外，不致引起疑心。

愛德蒙整夜工作著，但在夜裡，工作進展很慢，因為他只能摸黑著幹，他很快發現，用瓦片去挖堅硬的水泥，尖角很快就磨鈍了。他只得把床推回原處，等待天亮。在滿懷希望的同時，他也變得很有耐心了。

他聽見陌生的挖掘人在繼續他的地下工程。

白天來臨，藉著微弱的曙光，他看到自己白白辛苦了一晚，在夜裡他只是挖在石磚面上，而沒有挖在石磚四周的泥灰隙縫中。

唐泰斯驚喜地看到，泥灰因受潮已變軟，有的已稀稀拉拉落下來。半個小時下來，他已經挖出了將近一把灰。一個數學家大致可以計算出，這樣幹上兩年，如果不碰上岩塊，就可以挖出一個兩尺見方、縱深二十尺左右的通道。

三天下來，他萬分小心地挖出了石塊四周的泥灰，讓石塊裸露在外。一小時後，大石頭從牆上抽了出來，露出一個一尺半多見方的洞穴。

唐泰斯仔細地把泥灰都收攏起來，放到地牢的一角，用一塊瓦片刮下一些灰土蓋在這些泥灰上。

每到黎明時分，他把大石頭放回洞穴，把床推回靠牆，睡了上去。

他發現，自從他開始工作之後，那個犯人就再沒幹過活，顯然，他的鄰居不信任他。

這一天，他突然發現有很大梁橫穿過，完全堵住了他挖出來的洞。

「啊！天主呀，天主；」他大聲說道，「您剝奪了我生命的自由；您剝奪了我死亡的安息；在這之後，您又讓我萌發了生的希望；天主啊！請可憐可憐我吧，千萬別讓我絕望而死啊！」

「誰在把天主和絕望說到一塊兒了呢？」一個聲音說道，彷彿是從地底下冒出來的，由於隔了一層，聲音被壓低了，傳到年輕人的耳朵裡，陰慘慘像是從墓地裡發出來的。

愛德蒙感到頭髮根根豎起，他跪著往後退縮了一下。

「看在上天的份上！」唐泰斯說道，「您已經開口了，雖說您的聲音讓我害怕，還是說下去吧；您是誰？」

「您又是誰？」那個聲音問道。

「一個不幸的囚犯，」唐泰斯毫不猶豫地接口答道。

「哪個國家的人？」

「法國人。」

「您的名字？」

「愛德蒙·唐泰斯。」

「您的職業？」

「船員。」

「您何時來到這裡？」

「一八一五年二月二十八日。」

「您犯什麼罪？」

「我是無辜的。」

「好吧，別再挖了，」那個聲音很快地說道，「不過，請告訴我，您挖的洞高有多少？」

「與地面齊平。」

「洞是怎麼遮起來的？」

「在我床的後面。」

「自從您入獄以後，他們移動過您的床嗎？」

「從來沒有。」

「您的房間通向哪兒？」

「通向一條走廊。」

「走廊呢？」

「通到一個院子。」

「哎呀！」那人喃喃地說。

「哦！天主啊！怎麼啦？」唐泰斯問道。

「我算錯啦，我考慮不周出了紕漏，我的圓規偏斜一下，把我給毀了；在我的圖紙上畫錯一條線，實際上就偏離十五尺，我把您挖的牆當作城堡的牆啦！現在，請小心把洞堵上別再挖了，什麼也別幹，等候我的消息。」

「至少說一聲您是誰……請告訴我您是誰？」

「我是……我是……第二十七號。」

翌日，清晨查監過後，正當唐泰斯把床從牆前移開時，他聽到間歇時間相同的三下叩擊聲。他趕緊跪下來。

「是您嗎？」他說，「我在這兒。」

「您那裡的獄卒走了嗎？」那個聲音問道。

「走了，」唐泰斯答道，「他要到今晚再來；我們有十二個小時可以自由自在的。」

「那麼我可以行動了？」聲音問道。

「啊！可以，可以！現在就幹，別拖了，我求求您。」

唐泰斯半個身體鑽進洞裡，他雙手支撐的一塊地面突然間向下陷塌，他趕緊向後退，這時，一大塊泥土和石頭迅速落入一個剎那間張開的洞口裡，這個洞正巧位於他自己挖掘的洞口下方。這時，在這個晦暗、深不可測的洞底下，先是露出了一顆腦袋、雙肩，繼而露出了整個人，這個人十分敏捷地從挖就的洞穴裡鑽了出來。

唐泰斯把心急火燎地盼了這麼久的這個新朋友一把摟在懷裡，把他帶到窗前，以便讓透進地牢的微弱日光照亮他的全身。

這個人個子不高，與其說是年齡，還不如說是鐵窗生活把他的頭髮熬白了，在他灰白的濃眉之下，藏著一對炯炯有神的眼睛，鬍鬚仍然是烏黑的，一直垂到胸前。他那線條清晰、輪廓分明、瘦削的臉上刻著一道道深深的皺紋，看得出此人慣於勞心而較少勞力。新來者的頭上沁滿了汗珠。

他看上去至少有六十五歲，但他的舉止還挺俐落，這說明長期的囚禁生活也許使他顯得比實際年齡更老些。

他對年輕人熱情的態度顯得十分高興，他那變得冷漠的心，似乎一時間又熱了起來，彷彿在對方感情熾熱的感染下融化了。他原以為能走向自由了，但結果只是進入了另一個地牢，不免有些泄氣，儘管如此，他還是相當熱情地感謝年輕人友善的接待。

「先看看有什麼辦法把通道堵起來，不讓獄卒看見。」他說道，「他們只要不知道這裡發生的一切，我們以後就有安寧日子過了。」

接著，他俯向洞口，拿起一塊石頭，石頭很重，但他一下子便抬了起來，塞進洞裡。

「您就這麼徒手挖這塊大石頭呀，」他搖著頭說，「您沒有工具嗎？」

「您呢，」唐泰斯吃驚地問道，「您有工具囉？」

「我做了幾件，除了銼刀，該有的我都有了：鑿子、鉗子和撬棍。」

「您用什麼做的？」唐泰斯問道。

「我用我床上的一塊鐵鉸鏈。我就是用了這件工具，才把通道一直挖到您這裡的，約有五十尺。」

「五十尺！」唐泰斯不禁驚恐地叫出了聲。

「小聲點。這差不多是我和您房間之間的距離；由於我缺少畫比例圖的幾何量具，所以我把一根曲線計算錯了。本來畫四十尺長的弧線就夠了，結果畫了五十尺：我以為能通到外牆，穿牆跳海就行了。其實我是順著您的房間外面的走廊挖的，而沒有往下挖。這下我的勞動全白費了，因為這條走廊通向一個院子，院子裡全是衛兵。」

「是的，」唐泰斯說道，「不過這條走廊只占著我房間的一面，可還有三面哩。」

「是的，說得不錯，不過其中的一面牆是用岩石砌成的，十個礦工帶上所有工具掘穿岩石也需花上十年時間；另一面大約背靠著典獄長套房的地基，待我們挖到肯定鎖著門的地窖時，就會被抓住；最後一面……等等，噢，對了，第四面牆的外面是一個外走廊，像一個環形通道，不斷有人巡邏，也有哨兵站崗。」

「那怎麼辦？」年輕人以探詢的口吻接著問道。

「那麼，」老囚犯說道，「只能聽天由命了。」

老人的臉龐上展現出樂天知命的神色。

「現在，您可以告訴我您是誰了嗎？」唐泰斯問道。

「我是法里亞神甫，」他說，「我在一八一一年成了伊夫堡的囚徒；在這之前我在弗內斯特雷爾堡關過三年。」

「那麼您為什麼被關起來的？」

「我嗎？因為我在一八○七年，就做著拿破崙在一八一一年想實現的夢；因為義大利已被分割成許多暴虐和虛弱的小王朝，我贊同馬基雅弗利的主張，希望在這些諸侯之中建立起一個偉大而統一、團結而強盛的王朝，我錯以為一個戴王冠的傻瓜就是我的博爾吉亞君王，他假裝贊成我，結果把我出賣了。」

說完，老人垂下了頭。

「您還做些什麼來打發時間呢？」

「我寫作或是從事研究。」

「他們會給您紙、筆和墨水嗎？」

「不給，不過我自己能做。」

「您自己做了紙、筆和墨水？」唐泰斯驚呼道。

「是的。」

唐泰斯敬佩地望著他，不過他仍難以相信他說的話。法里亞發覺了他的疑惑。

「下回您到我那裡去時，」他說，「我就會拿一部完整的書稿給您看，這是我一生的思想、研究和反省的結晶，這本書的書名叫《論在義大利建立統一君主政體的可能性》。」

「您已經寫出來了？」

「寫在兩件襯衫上。我想出了一個辦法，可以使襯衣變得像羊皮紙那樣光滑緊密。」

「那麼您是化學家囉？」

「學過一點。」

「可是，要完成這麼一部著作，您得對歷史研究。那麼您有好多書囉？」

「在羅馬，在我的圖書室裡有將近五千冊書。我再三捧讀，發現只要選讀其中一百五十本，如果不說便可涵括人類全部知識的話，至少也夠一個人用的了。我在牢房裡，只要動一下腦子便能回憶起書中的全部內容。因此，我能向您舉出修昔底德②，色諾芬③，普盧塔克，提圖斯．李維④，塔西圖斯⑤，斯特拉達，約爾南代斯，但丁，蒙田

⑥，莎士比亞，斯賓諾莎⑦，馬基雅弗利和博絮埃⑧。這裡我僅僅給您說出一些最重要的名人而已。」

「那麼您懂得好幾國語言囉？」

「我會說五種現代語言：德語、法語、義大利語、英語和西班牙語。我靠古希臘語來理解現代希臘語；不過我說得不好，現在，我正在學哩。」

愛德蒙越聽越入迷，他開始發現這個古怪的人，具有幾乎超凡的智慧。他想在他身上找一點碴兒，於是繼續問道：

「如果他們不給您筆，那麼您用什麼寫成這麼厚的一本大書呢？」

「我就自製幾枝絕妙的筆；假如有人知道，在齋日有時吃到的鱈魚頭的軟骨，能作筆的材料的話，那麼他們寧願用這種筆而不用普通筆了。因此，我總是非常高興地盼著星期三、星期五和星期六，因為這些日子，可以使我有希望得到更多製筆用的材料。」

「那麼墨水呢？」唐泰斯問道，「您用什麼材料自製墨水呢？」

「從前在我的牢房裡有一只壁爐，」法里亞說道，「在我住進來時，這只壁爐大概已經被堵塞多時了；不過在堵塞之前，他們成年累月在壁爐裡生火，因而所有內壁上都積滿了煙炱。每個星期天，他們給我一點葡萄酒喝，我就把煙炱溶化在葡萄酒裡，製成了上好的墨水。至於特殊的注釋，需要引起注意之處，我就刺破手指，用我的血寫上：」

「什麼時候我能看見這一切？」唐泰斯問道。

「跟我來吧，」神甫道。

說完，他鑽回到地下通道，消失了。唐泰斯尾隨其後。

唐泰斯彎著腰，並不過於困難地鑽過了一條地下通道，來到了神甫牢房通道的另一端。神甫地牢的地面上鋪著石板，他在最暗的一個角落，掀起了一塊石板，才開始他那艱巨的工程，唐泰斯已看到其結果了。

神甫走向壁爐，用始終拿在手裡的鑿子，移開爐膛內的一塊石頭，看到了一個相當深的洞穴，就在這個洞穴裡深藏著他對唐泰斯說起的所有東西。

「您想先看什麼？」他問道。

「請先拿出您的有關義大利王朝的大書讓我看看。」

法里亞從這個珍貴的櫃子裡取出三、四卷捲起來的像莎草紙的襯衣，實際上是一些寬約四寸，長約十八寸的長方形布片。每條布片都編了號，上面密密麻麻寫滿了文字。

「現在，我反而弄不明白，」唐泰斯說道，「就是幹這麼多工作，僅僅白天怎麼就夠用了。」

「我還有夜間哩。」法里亞答道。

「怎麼回事？」

「我從他們給我送來的肉中，把肥膘切下熔化，煉出一種厚厚的油脂。看，這就是我的蠟燭。」

「那麼引火的東西呢？」

「這是兩塊碎石和燒焦的襯衣。」

「火柴呢？」

「我假裝得了皮膚病，要一點硫磺，他們給我了。」

「還不止這些呢，」法里亞接著說道，「總不能把所有寶貝藏在一處吧；把這個洞蓋上！」

他倆把石板放回原地，神甫在上面撒了一點塵土，又用腳擦了擦以清除移動的痕跡，而後向他的床走去，移開了床。在床頭後面，有一塊石頭把一個洞遮掩得幾乎嚴嚴實實，洞裡有一根長約二十五到三十尺的繩梯。

唐泰斯仔細看了看，覺得這根繩梯結實極了。

「誰給了您為完成這麼一件美妙的傑作所必需的繩子的？」

「我在弗內斯特雷爾監獄坐牢的三年間，先拆散了幾件襯衫，繼而又拆散了床上的被單。後來我到了這兒，就把這件活兒做完了。」

說著，神甫撩開他的破衣爛衫，亮出一根貼身藏著的又長又尖、還穿著線的魚骨給唐泰斯看。

「行了，現在，」神甫邊說，邊封上洞穴，再把床推回原位，「把您的故事說給我聽聽吧。」

於是，唐泰斯就一五一十地把他的往事和盤托出了。

才智過人的神甫從唐泰斯的敘述中，用邏輯推理，令人信服地向他指出，告密者便是與他有利害衝突的唐格拉爾和費爾南。

話題又轉到了為什麼唐泰斯只被審訊過一次，為什麼沒有上法庭，又為什麼沒有判決便被定了罪上。

「您說，代理檢察官燒毀了能連累你的唯一的一張紙，就是船長要你轉交的那封信，是嗎？」

「信是當我面燒的。」

「這封信是指定給誰的？」

「給巴黎雞鷺街十三號的諾瓦蒂埃先生。」

「諾瓦蒂埃？」神甫反覆念道，「諾瓦蒂埃？我倒知道一個在大革命時期是個吉倫特黨人的諾瓦蒂埃。您那代理檢察官對您說他叫什麼名字？」

「德·維爾福。」

神甫爆發出一陣大笑。接著說道：

「您這個可憐的瞎子啊，您知道這個諾瓦蒂埃是誰嗎？這個諾瓦蒂埃就是他的父親！」

「他的父親！他的父親！」他驚叫道。

「對，是他的父親！名叫諾瓦蒂埃．德．維爾福，」神甫接著說道。

這時，一道閃光在犯人的頭腦裡閃現，沈沈黑夜般的心間頃刻間似乎湧進了耀眼的陽光，豁然開朗了。審訊時維爾福的訥訥的遁詞，燒毀的信，非得要他作出的保證，法官不但沒有對他嚴加逼訊，反而苦苦叮囑的那近哀求的口吻，他一下子都回憶起來了；他大喊一聲，像喝醉酒似的晃動了幾下，然後一頭鑽進那條連通這兩個牢房的過道。

他冷靜地思索了好幾個小時，而他感覺才僅僅過了幾秒鐘。這期間，他拿定了主意，鐵了心，立下了令人生畏的誓言。

一個聲音把他從沈思中喚醒，是法里亞神甫。在獄卒查監之後，他來邀請唐泰斯與他共進晚餐，唐泰斯跟隨他去了。

「您該把您知道的教給我一點兒才好，」唐泰斯說道，「哪怕跟我在一起時解解悶也好哇。」

神甫笑了。

果真，當天傍晚，這兩個囚犯就擬訂了一個學習計畫，次日就實行了。唐泰斯有驚人的記憶力和極強的接受能力。他很有數學頭腦，能順利接受各種需要經過計算才能學得的知識；他本來就懂得義大利語和一點羅馬語，不久，他又掌握了所有其他語言的語法結構；六個月後，他已能說西班牙語、英語和德語了。一年之後，他變成了另一個人。

一天，唐泰斯在撐木梁，法里亞神甫待在年輕人的囚室裡，正在磨尖一隻銷釘，作將來掛繩梯之用。突然，法里亞神甫聲音悽慘地叫喚著，唐泰斯迅速過去，看見神甫站在囚室中央，臉色蒼白，頭冒冷汗，兩手痙攣著。

「哦！天哪！」唐泰斯叫出了聲，「發生了什麼事，您怎麼啦？」

「我完了！」神甫說，「請聽我說。我將要得一種可怕的、可能致命的病；對付這個病只有一種藥，我這就告訴您。哦，不，不，在這裡我會被人發現的；現在我還有一點兒力氣，幫助我回到自己的房間去。」

唐泰斯鑽進地道，拖著多災多難的同伴，萬般艱難地把他帶到地道的另一端，回到了神甫的房間，把他平放在床上。

「謝謝，」神甫說道，手腳直打哆嗦，「當您看見我不動了，記住，只有到這個時候，才用刀撬開我的牙齒，往我的嘴巴裡灌進八到十滴液體，也許我會恢復過來。記住，這種紅色液體在我床腳洞的一隻小玻璃瓶裡。」

「救命！救命！」神甫突然驚呼起來，「我……我……」

病來得太迅速，太猛烈，可憐的囚犯瞳孔放大，嘴巴歪斜，兩頰呈紫色。唐泰斯遵照他本人病發前的囑咐，用被單捂住了他的喊叫聲。這個狀況持續了兩小時之久。這時，他比一塊枕木更無聲息，最後痙攣了一次，就昏厥了過去，身體僵直，臉色鐵青。

愛德蒙等待這個假死現象侵入他的全身，冷透他的心臟；然後，他拿起小刀，把刀刃伸進他的牙齒縫，用了很大力氣撬開了咬緊的嘴巴，一滴一滴地數著，滴進十滴紅色液體以後就靜等著。

一小時過去了，神甫的面頰上終於泛起淡淡一層紅暈，他那雙一直睜著、毫無反應的眼睛又有了一點生氣，身體動了一下。

「救活了！救活了！」唐泰斯大聲叫道。

老人已恢復知覺，但他仍然平躺在臥榻上，一動不動，力氣全無。

「這是我家的遺傳病。我的父親死於第三次發病，我的祖父也是。醫生預言我會遭到同樣的命運。看來我的日子不多了。您回去吧，明天早晨獄卒查監後再來，我有一件至關重要的事情對您說。」

唐泰斯握了握神甫的一隻手，懷著對這位老友順從和尊敬的心情走了出去。

次日清晨，當唐泰斯回到他難友的牢房時，只見他的左手拿著一張展開的紙，一聲不響地拿這張紙給唐泰斯看。

「這是什麼？」唐泰斯問道。

「請仔細看看，」神甫微笑著說道。

「我兩眼睜得大大地看著哩，」唐泰斯說道，「可我只看見一張燒掉一半的紙片，上面還用一種奇怪的墨水，寫著哥德體的文字。」

「這張紙嘛，我的朋友，」法里亞說道，「既然我已經考驗過您了，現在我可以向您泄露一切了，這張紙就是我的寶藏，從今天開始，寶藏的一半歸您所有了。」

唐泰斯拿起這張想必因某次意外而損毀的、殘缺了一半的紙張，念了起來：

今日為一四九八年四月二十五日
乃慮及教父對余納資捐得紅衣主
余處置如克拉帕拉及班蒂伏格里奧兩位紅衣主

產繼承人姪兒吉多．斯帕達宣告，余曾在一地
之洞窟。埋藏之金塊、金幣、寶石、金剛鑽、玉飾，
須自該島東首小灣徑直數至第二十塊岩石，掀開
最深一角；余悉數遺贈余之唯一繼承人。

愷

「可是，」唐泰斯說道，「我在這張紙上僅看到一行行不完整的句子，一些沒有下文的斷句；文字被火燒掉一半，變得語義不明了。」

「現在，」神甫接著說，「請再念這一張紙。」說著，遞過去第二張紙。

唐泰斯接過紙張，念了起來：

余受教皇亞歷山大六世之邀赴宴，
教之銜必嫌不足，有心承襲余之財產，或將
教同一命運，蓋此兩位均係中毒斃命者。余今向余之財

埋有寶藏。彼曾與余同遊該地，即基督山小島等，僅余知其所在，其價值約合兩百萬羅馬埃居，彼之，即可獲得。此窟內有洞口二處，寶藏位於第二洞口之

一四九八年四月二十五日

撒十斯帕達

法里亞用灼熱的目光注視著他。

「好，」當他看見唐泰斯讀到了最後一行，便說道，「把兩張紙拼攏來，您就可以自己判斷了。」

唐泰斯照著做了，兩張拼攏的紙湊成了以下完整的內容：

今日為一四九八年四月二十五日，——余受教皇亞歷山大六世之邀赴宴，——乃慮及教父對余納資捐得紅衣主——教之銜必嫌不足，有心承襲余之財產，或將——余處置如克拉帕拉及班蒂伏格里奧兩位紅衣主——教同一命運，蓋此兩位均

係中毒斃命者。余今向余之財——產繼承人姪兒吉多．斯帕達宣告，余曾在一地——埋有寶藏。彼曾與余同遊該地，即基督山小島之洞窟。埋藏之金塊、金幣、寶石、金剛鑽、玉飾——等，僅余知其所在，其價值約合兩百萬羅馬埃居，彼——須自該島東首小灣逕直數至第二十塊岩石，掀開——之，即可獲得。此窟內有洞口二處，寶藏位於第二洞口之——最深一角；余悉數遺贈余之唯一繼承人。

一四九八年四月二十五日

愷撒十斯帕達

「現在，」法里亞幾乎以父親般的目光凝視著唐泰斯繼續說道，「現在，我的朋友，您同我知道得一樣多了。倘若我們能一齊逃脫，我的寶藏一半歸您；倘若我死於此地而您能隻身逃走，那麼就全部歸您。」

「可是，」唐泰斯猶豫不決地問道，「難道除我們而外，這個寶藏在世上就沒有更加合法的主人了嗎？」

「沒有，沒有了，您放心吧；這個家族完全絕後了；再說，最後那位斯帕達伯爵把我認作他的財產繼承人，他把一切都留給我了。倘若我們得到這筆財富，我們可以問心無愧地受用。」

「您說這個寶藏價值……」

「兩百萬羅馬埃居，用我們的幣制算，相當於一千三百萬埃居。」

「我的天哪！」唐泰斯聽到這個天文數字，嚇得叫出了聲。

一天夜間，愛德蒙突然驚醒，他似乎聽到有人呼喚他。

他迅速移開床，抽出石頭，鑽進地道，爬到另一端，洞口的石塊已經掀開。

「哦！我的朋友，」法里亞無力地說，「您知道是怎麼回事，是嗎？我不需要再告訴您什麼了！」

「啊！」他說道，「我已經救活過您一次，我還能第二次救活您！」

說完，他抬起床腳，從缺口裡取出藥水瓶，裡面還剩下三分之一的紅色藥水。

「沒有希望了，」法里亞搖著頭說道，「連最先的一次，這已經是第三次，也是最後的一次了。」

老人一陣劇烈震動，中斷了講話。唐泰斯看見他的眼球充滿了血，似乎大量的血液從他的胸腔湧到了他的臉部。

「永別了，永別了！」老人痙攣地按住年輕人的手喃喃說道，「永別了！」

他集中了所有的精力，使盡最後一點力氣掙扎著抬起身子。

「基督山！」他說道，「別忘了基督山！」

說完，他癱倒在床，四肢僵直，眼皮鼓起，口吐紅色泡沫，全身一動不動。

唐泰斯進行著最後一次努力，他把藥瓶移近法里亞發紫的嘴唇，他無須掰開那張開後不曾閉上的下頷，便將藥瓶中的藥水全都倒了進去。

然而，一切都未再復蘇。心臟的最後一次顫動停止了，臉色變得鐵青，兩眼依然睜著，可是眼神無光了。

獄醫檢查了屍體，宣布二十七號已經死亡。

藉著穿進窗口的一線朦朧的陽光，可以看見一隻粗麻布袋平放在床上，在袋子寬寬的皺褶下面，隱隱約約顯現出一個長長的、僵直的人體；這麻袋是法里亞的裹屍布。

愛德蒙獨自待在神甫的地牢裡，悲哀地想到將來只能像法里亞一樣地離開地牢時，愣住了，兩眼定了神，如同一個人突然冒出一個想法，而又被它嚇住了的那樣；驀地，他站起來，像是頭暈似的，把手放在額上，在牢房裡轉了兩三圈，又在床前站定……

「啊！啊！」他自言自語地說，「這個主意是誰給我出的啊！是你嗎，我的天主？既然只有死人才能自由地從這裡出去，那就讓我代替死人吧。」

他不容自己再損失時間去思考這個決定，向那令人厭惡的麻袋俯下身子，用法里亞自製的小刀把它劃開，把屍體從袋中抽出，背到他的囚室裡，把他平放在自己的床上，把自己平常戴的破帽子戴在他的頭上，再蓋上毯子，最後一次吻了吻他那冰冷的額頭，又將他的臉面對著牆，以使獄卒送晚飯時，以為他像平時那樣睡著了。然後迅速返回地道，把床拉去頂住牆，進入另一間囚室，在櫃子裡取出針和線，先把破衣爛衫扔掉，好讓人感到麻袋盛著的是赤裸裸的屍體，於是鑽進劃開的口袋，按照原先屍體躺著的姿勢躺下，又從裡面把布袋縫上。

七點鐘臨近時，唐泰斯聽到有人走到門口停下，他猜想是兩個掘墓人來抬他了，他聽到他們放下擔架的聲響。

門打開了，唐泰斯的眼睛感受到了隱隱約約的亮光。透過裹住他的麻袋布，他看見兩個黑影走近他的床。第三個人站在門口，手裡拿著一盞風燈。走近床的兩個人各抓住麻袋的一端。

他們把所謂的死人抬到擔架上。愛德蒙把身體伸得直挺挺的，以更好地扮演死人的角色。他們把他平放在擔架上，這一行人由提著風燈的人在前面照路，登上臺階。

陡然，夜晚新鮮而寒冷的空氣包圍了他，他感覺到這是地中海上乾寒而強烈的西北風。這個感受使他憂喜參半。

抬擔架者走出二十來步，停下，放下擔架。一根繩子連著重物緊緊捆住了他的雙腳，他感到很疼。

一行人抬起擔架又走了五十來步，停下來開開門，再上路。他們愈向前走，波濤拍擊城堡下面的岩石的聲響就愈清晰地傳入唐泰斯的耳中。

他們又向上攀登了四、五步，接著唐泰斯感到他們同時提起他的頭和腳，把他來回地晃蕩。

「一，」這幾個掘墓人齊聲喊道。

「二。」

「三！」

與此同時，唐泰斯果真感到被拋到無邊的空中，爾後就像一隻在墜落的受傷的小鳥，穿越空間一直往下墜，最後，只聽得一聲可怕的巨響，他像一支離弦的箭直鑽進冰涼的水裡，不由得驚呼了一聲，但這喊聲立即被淹沒在海水裡了。

唐泰斯被拋到海裡，綁在他雙腳上的一隻三十六磅重的鐵球在把他拖向海底。

①法國舊長度單位。一托瓦茲相當於一點九四九米。
②修昔底德（前四六〇～前四〇四以後）：古希臘歷史學家。
③色諾芬（前四三一～前三五〇以前）：古希臘歷史學家。
④提圖斯・李維（前五九～後一七）：古羅馬歷史學家。
⑤塔西圖斯（五四～一一七）：古羅馬歷史學家。
⑥蒙田（一五三三～一五九二）：法國思想家、作家。
⑦斯賓諾莎（一六三二～一六七七）：十七世紀的唯理性主義哲學家。
⑧博絮埃（一六二七～一七〇四）：十七世紀法國天主教教士、演說家。

第七章◎基督山島

唐泰斯被海水撞得昏頭昏腦的，不過，他的神志還算清醒；為了以備不時之需，他右手拿著一把打開的小刀，於是他迅速劃開了麻袋，伸出胳膊，接著是腦袋；可是那鐵球仍拖著他往下沈，他彎下身子，盡了最大努力，準確地割斷了捆住他兩隻腳踝的繩索，同時用腳使勁一蹬，便很快地浮上了海面。而鐵球拖著那塊差一點成了他的裹屍布的粗麻布，沈向那深不可測的海底。

唐泰斯在海上作垂死掙扎時，被一艘走私船少女阿梅莉號救起，並被船長雇用了。他與水手雅各布成了好朋友。後來，走私船正好要到基督山島卸貨，也把他帶去了。

唐泰斯順著岩石上留下的標記往反方向走，來到了一塊圓形岩石旁。他發現岩石上方有一個小小的斜坡；岩石確是沿斜坡滑下來，並停在現在的位置上的，另一塊和普通石頭一般大小的岩石變成了它的墊石，一些石塊和卵石又被巧妙地塞在巨岩四周以消除周圍的縫隙；在這小小的石築工程上面，又覆蓋上了腐殖質土，野草在上面生長，青苔向四周蔓延，一些香桃木和黃連木的種子也在上面生根發芽，古老的巨岩彷彿是天生就落根在那個地方的。

他開始用十字鎬去刨這層被時間風化了的外層。十分鐘後，外層掀開了，露出了一個大小可以探進胳膊的洞口。

唐泰斯找了一棵最粗壯的橄欖樹，把它砍下來，削掉枝椏，把樹幹伸進洞裡充當撬棍。但是巨岩太沈，沒法撬動；他想了一會兒，覺得首先應該移動這塊墊石。他的目光落到了他的朋友雅各布留給他的，裡面裝滿炸藥的，一隻掏空的岩羊角上。

唐泰斯拿起十字鎬，在巨岩和墊石之間挖出一個放雷管的槽口，又在裡面填滿炸藥，再把手帕撕成碎布條，裹上硝石，做成一根導火線。

他點燃導火線，很快就引爆了：上面的岩石轉眼間被巨大的力量掀起，下面的墊石裂成碎塊飛向空中；一大堆昆蟲戰戰兢兢地從唐泰斯先前挖出的小洞裡向外四處逃竄，一條作為這條神秘通道的衛士的巨大游蛇，游動著它那飾著淡藍色渦紋的軀體，消失不見了。

巨岩讓出了一個圓形的空間，在一塊方形的石板中間，露出一只封口的鐵環。

唐泰斯又驚又喜，大叫一聲：想不到第一次嘗試就得到完滿成功，真是太好了。他把撬棍伸進鐵環，用力一抬，封住的石塊被移開，露出一個陡坡，一直通到愈來愈幽深的黑洞裡。他走了下去，不過他想起了遺囑上的幾句話：「位於第二洞口之最深一角。」

唐泰斯僅僅進了第一個洞，現在該尋找第二個洞的洞口。

十字鎬乒乒乓乓響了一陣子，岩石發出沈悶的回聲，這沈悶的響聲讓唐泰斯的額上沁出了冷汗。最後，這個不屈不撓的挖掘者似乎聽到岩壁的一處發出的回聲較為深沈、較為空遠，他把熾熱的目光移到這堵岩壁上，並以一個囚犯的那種靈敏的觸覺，判斷出那裡可能就有一個洞口，換了其他人，也許是發覺不了的。

他又敲了敲，並且加大了力量，一種像壁畫塗料似的東西紛紛剝落，露出了白花花、濕漉漉的石塊；又掄了幾鎬頭之後，他發現石塊根本沒有封牢，只是一塊塊摞起來的，在外面塗了一層塗料偽裝；他在其中的一條縫裡嵌進十字鎬尖頭，再使勁地壓鎬柄，欣喜地看到石塊滴落到了他的腳下。

於是洞很快打開了，唐泰斯略略遲疑了片刻，然後才從第一個洞窟進入到第二個洞窟裡。

第二個岩洞比第一個矮些、暗些，形狀也更可怖些；空氣只能從剛剛開啟的洞口進入，洞內散發出惡臭，唐泰斯奇怪何以在第一個岩洞裡沒有聞到這種氣味。

在洞口左面，有一個幽深而陰暗的角落。

他向那個角落走去，彷彿突然間下定決心似的，大膽地猛擊地面。

十字鎬鑿了五、六下，鐵鎬頭在另一塊鐵上震響。

「這好像是一個包鐵皮的木箱子，」他說道。

不一會兒，將近三尺長兩尺寬的一塊地方已經掃清，唐泰斯看到了一個箍著一圈鐵條的橡木箱子。在箱蓋中間，在一塊泥土尚未侵蝕的銀牌上，斯帕達家族的紋章在閃閃發光，像義大利盾形紋章那樣，在一塊橢圓形盾牌上直豎著一柄寶劍，盾牌之上又有一頂紅衣主教的高帽。

至此，不再有任何疑問了，寶藏就在這裡；要在這個地方放一只空箱子，是犯不著如此防範的。

很快，木箱周圍已清除乾淨，唐泰斯先是看見兩個鎖環中間的一把大鎖，後又看見箱子兩側的提環，兩者上面都刻有精美的花紋，在那個時代，鐫刻藝術能使最平常的金屬品變得很有身價。

唐泰斯把十字鎬鋒利的一頭嵌進木箱和箱蓋之間，用力壓十字鎬的木柄，箱蓋吱呀一聲，被撬開了。木板裂成大口，鐵包皮也失去作用，紛紛碎落，木箱整個兒被打開了。

唐泰斯一陣頭暈目眩，起初，他像孩子一樣閉上眼睛，想在他們想像中的閃閃爍爍的夜空裡，看到比群星燦爛的天空中更多的星星，然後又重新睜開，心醉神迷地呆站著。

木箱分成三格。

在第一格裡裝的是閃爍著帶有深黃色光澤的耀眼的金幣。

在第二格裡盡是大塊大塊未經打磨的金條，排列得整整齊齊，以其重量和價值誘人。

第三格只裝了一半，裡面全是鑽石、珍珠和寶石，愛德蒙抓了一把在手中摩挲，珍寶像瀑布似的流光溢彩，一顆顆落下時，發出如冰雹打在玻璃窗上的響聲。

愛德蒙先是摩挲撫弄這些金子和珠寶，把顫抖的雙手插在它們中間，然後，他站起來，幾乎像個瘋子似的抖抖索索、魂不守舍地竄出洞穴。他跳上一塊可以觀望大海的岩石，但什麼東西也沒看見；他隻身一人，只有他一個人與這些無可計數、不可思議、神話般的財富在一起，這些都是屬於他一個人的。是在做夢還是實實在在置身在現實中呢？他橫穿全島狂奔，他狂呼亂叫，手舞足蹈；奔到一個拐角之後，又折回來，急匆匆竄回岩洞，再次面對這一堆堆金塊和鑽石。

很快他又恢復了鎮靜，心情也輕鬆多了。於是他開始計算他的財富：有千把根金條，每根重兩三斤；接著，他又堆起兩萬五千枚金埃居（按我們現用的幣制算每枚值八十個法郎），他發現，這樣做，那一格也還只是掏空了一半；最後，他雙手捧了十捧珍珠、寶石和鑽石，其中有許多出自當時優秀的工匠之手，除了本身固有的價值之外，其精良的加工藝術也具有相當的價值。

唐泰斯看見日頭偏西，並漸漸沈沒了。他擔心如果繼續留在洞穴內會被人發現，於是就提著槍走了出去。一塊餅乾和幾口酒便是他的晚餐。餐畢，他把石塊放回原處，躺在上面，用身體堵住了岩洞的進口，睡了幾個小時。

天亮了。曙光剛剛升起時，他就起身，登上全島最高的岩石，想看看四周有無情況；結果也同昨晚一樣，四下不見人影。

愛德蒙走下去，移開石塊，在口袋裡裝滿寶石，盡可能把木板和木箱上的鐵鎖重新放好，蓋上泥土，在上面用腳踩了踩，又灑了些沙子，以使剛剛翻開的地方與旁邊的地面相似；他走出岩洞，重新放上石板，在石板上堆了一些大小各異的碎石，把泥土填進石縫裡，在縫隙間種上香桃木和歐石南，為這些新種的植物澆點水，以便看上去像是原來生長的；他又擦去周圍紊亂的腳印。

唐泰斯搭了那條走私船回到里窩那，在那裡與他的恩人告別，並委託雅各布去馬賽打聽他幾個親人的消息，自己隻身去了熱那亞。在那裡花了六千法郎買了一艘小遊艇。兩小時後，唐泰斯從熱那亞港口出發，在第二天傍晚時分到達基督山島。

小島上空無人影。次日，他那巨大的財富便運到了小艇上，並被鎖在一個秘密櫃子的三個暗格裡。

幾天後，唐泰斯看見一隻小船扯滿風帆向島上駛來，他認出是雅各布的船，他打出一個信號，雅各布回了一個信號，兩個小時後，小船靠上了遊艇。

對唐泰斯的委託，結果是可悲的。

老唐泰斯死了。

梅爾塞苔絲失蹤了。

愛德蒙關進伊夫堡時才十九歲，出來時已經三十三歲了。他自信不會被人認出；此外，他已掌握了喬裝打扮的一切方法。於是在一個清晨，遊艇無畏地開進馬賽港，正巧停在那個終生難忘的晚上，他被帶上船開往伊夫堡的出發地對面。

唐泰斯踏上卡納比埃爾街後，每邁出一步，一種新的情緒就壓迫著他的心：童年時代的所有回憶，這些無法抹掉的記憶始終縈繞在他的腦海裡，現在一下子都冒出來了。他來到從前他父親居住的那座房子前，倚靠在一棵樹上，默想了片刻，然後走進門，堅持要去看看六樓的那個套間；看門人上樓，替這個陌生人請求房客允許讓他進去看一下裡面僅有的兩個房間。住在這小小套間裡的是一位年輕男子和一位少婦，他倆僅在一個星期前才剛剛完婚。

唐泰斯看著這兩位年輕人，深深地嘆了一口氣。

愛德蒙經過五層樓時，在一扇門前停下來，問住在裡面的是否還是那個裁縫卡德魯斯。但是守門人回答他道，他所說的那個人生意清淡，現在在貝爾加德到博凱爾的大路上開了一家小客店。

唐泰斯走下樓，要了梅朗小路上這所房子的房東地址，然後來到自稱是威爾莫勛爵的房東家裡，以兩萬五千法郎向他買下了這幢樓房。

第八章◎往事的追述

那些像我一樣徒步周遊過法國南方的人，都能發現，在貝爾加德村和博凱爾鎮之間，即從鄉村到城鎮的中途附近偏博凱爾的地方，有一家小客店，門口懸著一塊鐵片，微風吹來便會吱嘎作響，鐵片上用怪誕的字體寫出了這麼幾個字：杜加①橋客棧。

大約七、八年以來，這個小客店由一對男女共同經營，他們的僕人，只是一個名叫特麗奈特的侍女和一個照看馬廄的男孩，名叫帕科。經營這家小客店的男主人，是個約莫四十到四十五歲的高䠷個兒，乾癟而青筋暴露，兩眼深陷而炯炯有神，鷹鈎鼻，牙齒煞白，活像一頭食肉動物，是個道地的南部地區人。這個人就是我們的老相識：加斯帕爾．卡德魯斯。

他的妻子當姑娘時的名字叫瑪德萊娜．拉黛爾，她與丈夫相反，是一個臉色蒼白、瘦削而多病的女人；由於常年低燒，她的姿容已減色不少。

這一天，從貝爾加德方向隱隱約約有一個人，騎著馬優閒自得款款而來。一條大黑狗立即站起來，吠叫著露出雪白而尖利的牙齒，向前衝出幾步，這兩個敵對的表示，都說明牠很少與生客打交道。

立即，沈重的腳步便震動了援牆而上的木梯，這家可憐的客店的主人彎著身子倒退著走下樓梯，來到黑衣教士站立的那扇門的門口。

「來啦！」卡德魯斯吃驚地說道，「我來啦！對不起，」卡德魯斯看清了他迎接的是一位有身分的過路人，停頓了一下，接著又說道，「我還不知道我有幸接待的是誰呢；您想要什麼，教士先生？我聽候您的吩咐。」

教士以一種奇特的目光注視著這個人有兩三秒鐘之久，而後帶著濃重的義大利口音問道：

「您是卡德魯斯先生？」

「是的，先生，」店主人說道，對他的問話比剛才對他的沈默顯得更加驚奇，「那正是我；加斯帕爾．卡德魯斯願為您效勞。」

「加斯帕爾．卡德魯斯……是的，我想姓和名都對了；從前您住在梅朗小路是嗎？在五層樓？」

「一點也不錯。」

「請把您最好的葡萄酒拿一瓶給我，然後咱們再接著往下談。」

「悉聽尊便，教士先生，」卡德魯斯說道。

「我首先得確信您是不是我要找的人。」

「您要我給您什麼證據呢？」

「在一八一四年或一八一五年，您認識一個名叫唐泰斯的水手嗎？」

「唐泰斯！……當然，我認識他，這個可憐的愛德蒙！我想沒錯！他甚至是我的一個最好的朋友！」卡德魯斯大聲說道，他的臉漲得通紅，而教士也睜大眼睛，明亮而堅定的目光，彷彿要把他詢問的這個人，整個兒包住看個透似的。

「您看上去是真心喜歡這個小伙子，先生？」教士問道。

「是的，我很喜歡他，」卡德魯斯說，「雖說我有一陣子嫉妒過他的幸福，但打那以後，我以卡德魯斯的名譽向您發誓，我對他的不幸遭遇同情極了。」

這時，出現了片刻的靜默，而教士卻一直目不轉睛地探詢著店主人臉上的表情。

「這個可憐的小伙子，您認識他？」卡德魯斯繼續問道。

「他臨終時，我被召到他床前給予他宗教上的最後幫助，」教士答道。

「他是生什麼病死的？」卡德魯斯聲音哽咽著問道。

「三十歲的人死在監獄裡，要不是被監獄折磨死的，還會怎麼死法呢？臨終時他委託我弄清他為何遭難，並要我替他恢復名譽。」

說著，教士的目光變得愈來愈專注，他認真地研究著卡德魯斯臉上浮現出的近乎悲傷的神色。

「一位有錢的英國人，」教士接著說，「是他的患難之交，在第二次王朝復辟時期出了獄，他有一顆很值錢的鑽石。在他生病期間，唐泰斯曾像兄弟一樣照料他，因此他出獄時，便把這顆鑽石留給了唐泰斯，作為對他的回報；唐泰斯十分珍惜地保存著，以便他出獄後用，他只需賣掉這顆鑽石就夠開銷的了，估計它值五萬法郎。」

教士從口袋裡掏出一隻黑色皮面的小盒子，打開，一顆加工精良，鑲嵌在戒指上的鑽石的耀眼光芒，頓時使卡德魯斯眼花撩亂了。

「不過您又是怎麼得到這顆鑽石的，教士先生？」卡德魯斯問道，「愛德蒙讓您做他的遺產繼承人了？」

「不是的，但我是他遺囑執行人，『我有三個好朋友和一個未婚妻，』他對我說，『我相信，這四個人是會深深地悼念我的。其中一個好朋友名叫卡德魯斯。』」

卡德魯斯戰慄了一下。

「『另一個，』」教士接著說下去，就像並沒有覺察到卡德魯斯的情緒變化，「『另一個名叫唐格拉爾；第三個，』他補充說道，『雖說是我的情敵，但也是非常愛我的。』」

卡德魯斯的臉上露出狠毒的笑容，他做了一個手勢打斷教士的話。

「請等等，」教士說，「讓我把話說完，倘若您有什麼想法要說，待會兒再對我說吧。『另一個，雖說是我的情敵，但也是非常愛我的，他名叫費爾南；說到我的未婚妻，她的名字叫……』我記不清楚他的未婚妻的名字了，」教士說道。

「梅爾塞苔絲，」卡德魯斯說道。

「啊，對了，是這名字，」教士輕輕嘆了一口氣接口說道：「梅爾塞苔絲。」

「『您把這顆鑽石賣了，分成五份，平均分給這些好朋友，在這個世界上，只有他們才愛我！』」

「為什麼分五份？」卡德魯斯說道，「您對我只說了四個人的名字。」

「因為聽別人說，第五個人死了……這第五個人是唐泰斯的父親。」

「唉！是的，」種種感情交匯在卡德魯斯心頭，他激動地說，「唉！是的，可憐的人哪，他死了。」

「他死於什麼病？」

「醫生說他得了……腸胃炎，我想；但熟悉他的人都說他是憂傷過度而死的……我幾乎是親眼看著他死去的，我要說他是餓死的……」

「餓死的？」教士從木凳上跳了起來，大聲叫道，「一個基督徒居然會在同是基督徒的人們中間餓死！不可能！哦！這不可能！」

教士喝了幾口水，恢復了鎮定。

「不過，」他接著說道，「難道世人都如此狠心不理睬這個不幸的老人，就讓他這樣死去嗎？」

「啊，先生，」卡德魯斯欲言又止，猶豫再三，最後似乎下了狠心。

「您拿定什麼主意了？」教士問道。

「向您和盤托出，」那人答道。

「說真的，我想，最好也是這麼做，」教士說，「這倒不是因為我一定要打聽您不願對我說出的事情；不過，倘若您能讓我按照遺囑者的意願分配他的遺產，豈不更好。」

「我也希望如此，」卡德魯斯答道，他因抱有希望，加之貪財，臉上泛起紅暈，把他的雙頰燒得紅彤彤的。

於是，他便開始敘述了。

「打從唐泰斯被捕以後，莫雷爾先生就跑去打聽消息，情況是夠糟糕的了。」

「第二天，梅爾塞苔絲去馬賽懇求德．維爾福先生的保護，她一無所獲，於是她又一口氣跑去看老人，她看見老人神情悲傷、垂頭喪氣，整夜都沒上床，而且頭天晚上起就沒吃過東西，便提出把他帶走以便照顧他，但老人堅決不同意。」

「他一天比一天孤獨，愈來愈少出門，莫雷爾先生和梅爾塞苔絲常去看他，可他的門總關著，雖然我確信他在家，可他就是不答應。一天，他一反常態，接待了梅爾塞苔絲，可憐的姑良自己也傷心過度，還努力安慰他。」

「『相信我，我的女兒，』他說，『他死了；現在不是我們等他回來，而是他在等我們去。我很高興，我年紀最大，因此就能最先見到他。』」

「最初三天，我聽見他像往常那樣來回走動，到了第四天，我什麼也聽不見了，我壯著膽子上樓去，門關著；我從鎖孔裡望進去，看見他面無人色，虛弱不堪，就讓人去叫莫雷爾先生，並親自跑去找梅爾塞苔絲。他倆急急忙忙趕來了。莫雷爾先生帶來了一個醫生；醫生診斷是腸胃炎，要他禁食。當時我在場，先生，我永遠也不會忘記老人聽了這個醫囑後露出的笑容。」

「從那天以後，他把門打開了，他有了絕食的口實，因為是醫生吩咐他禁食的。」

「梅爾塞苔絲又來了，她發現他脫形了，想把他抬到她家去，這也是莫雷爾先生的意思，想強迫老人搬遷；但老人大叫大嚷起來，他們害怕了。梅爾塞苔絲留在他床前。莫雷爾先生離開時向加泰羅尼亞姑娘做了個手勢，表示他把一個錢包留在壁爐上了；可是老人以醫囑作口實，仍然什麼也不肯吃。最後，他在絕望和衰竭中熬了九天，一邊詛咒著給他帶來災難的人，一邊咽了氣。」

「先生，更為不幸的是這並非出於天主的意願，而純粹是人為的。」卡德魯斯插話道。

「那就談談那些人吧，」教士說，「您保證要對我和盤托出，說吧，讓兒子絕望而死，又讓父親飢餓而終的都是些什麼人？」

「兩個嫉妒他的人，先生，一個出於愛情，另一個由於野心，他們就是費爾南和唐格拉爾。」

「這種嫉妒是用什麼方式表現出來的，說呀？」

「他們告發愛德蒙是波拿巴分子。」

「兩個人中間，是哪一個告發他的，哪一個是真正的罪犯？」

「兩個都是，先生，一個寫信，另一個寄信。」

「這封信是在哪兒寫的？」

「就在雷瑟夫酒店，訂婚的前一天。」

「您沒有阻止這種卑劣勾當嗎？」教士說，「那麼您就是他們的同謀囉。」

「先生，」卡德魯斯說道，「他倆一個勁地勸我喝酒，我喝得幾乎暈頭轉向了。凡是喝醉了酒的人所能說的話我都說了，但是他倆回答我說只是想開個玩笑，這個玩笑不會造成什麼後果的。」

「第二天，先生，第二天，您該看見這個玩笑的結果了吧；然而，您什麼也不說，而當他被捕時您還在場哩。」

「是的，先生，我在場，我本來是想說，想把一切都說出來，但唐格拉爾阻止我這樣做。」

說著，卡德魯斯低下了頭，表現出真正反省的樣子。

「您向我提到過兩三次一個名叫莫雷爾的人，」他說，「這個人是誰？」

「他是法老號的船主，唐泰斯的雇主。」

「在這個不幸事件的整個過程中，這個人起了什麼作用呢？」教士問道。

「起了一個正直、勇敢和富有同情心的人應起的作用，先生。他替愛德蒙去求情不下二十次；他到唐泰斯家想把他接到自己家中有十次之多，在老爹死的前一天或是前兩天的晚上，我也說過了，他在壁爐上留下了一個錢包，人們就是用這筆錢替老人付了房租和喪葬費用。那錢包現在還在我這裡，是一只用紅絲線織成的大錢包。」

「莫雷爾先生境況怎樣？」教士問道。

「他近乎貧困了，先生，更為糟糕的是，他將名譽掃地。」

「怎麼回事？」

「哎，」卡德魯斯說道，「是這麼回事：莫雷爾先生花了二十五年的心血，在馬賽的商界得到了一個體面的地位之後，現在徹底破產了。他在兩年之內損失了五條船，三次受到牽連賠上巨款，現在他唯一寄希望的就是可憐的唐泰斯指揮過的那條法老號船了，這條船不久將從印度返航，載來胭脂蟲和靛青。倘若這艘船像其他船一樣出了事，那麼他就完了。」

「那麼，」教士問道，「這個不幸的人有妻室和孩子嗎？」

「有的，他有一個妻子，在所有這些事情上，她表現得像一個聖人一般；他有一個女兒，即將嫁給一個她所愛的人，但男方家庭不願意娶一個破產人家的女兒；他還有一個兒子，在軍隊裡當中尉；可是，您該明白，這一切非但不能減輕這個老好人的痛苦，反而使他倍加難受；如果他是單身一人，他往自己的腦袋上打一槍也就萬事皆休啦。」

「那麼唐格拉爾成了什麼人了？這個教唆犯，他不是罪魁禍首嗎？」

「他嗎？莫雷爾先生並不知道他犯了罪，在他的舉荐下，他離開了馬賽，到一家西班牙銀行裡去當出納員，西班牙戰爭時期，他負責給法軍提供部分給養，發了財；於是，他靠了這點本錢，做起股票生意，把他的資本又翻了三、四倍，他的前妻是那個銀行家的女兒，前妻死了以後他又娶了一個寡婦德·娜戈納夫人，就是在位國王的侍從長塞爾維尼先生的女兒，後者在朝中很是得寵。他成了百萬富翁，宮廷賜封他為男爵：現在他變成了唐格拉爾男爵，在勃朗峰街有一座府邸，馬廄裡養育著十匹馬，前廳裡有六名僕人侍候，我還不知道他的保險櫃裡究竟有幾百萬呢。」

「費爾南呢？」

「費爾南呢，他被編入作戰部隊，跟著他的團隊開往前線，參加了里尼②戰役。戰役結束的當天夜間，他在一位將軍的門前站崗，這個將軍與敵人暗中串通。就在那天夜間，將軍就要去投奔英國人。他建議費爾南陪他去；費爾南接受了，離開了崗位，跟將軍走了。這樣一來就成了他投靠波旁王朝的資本。他回到法國時已戴著少尉肩章，將軍在王室備受寵幸，在他的保舉下，費爾南於一八二三年成了上尉；在西班牙戰爭期間，也就是唐格拉爾開始進行投機買賣的時候，費爾南被派往馬德里去研究他的同胞的思想動態，因為他本人就是西班牙人；他在那裡碰到了唐格拉爾，與他相互勾結，並向那位將軍保證在首都和外省的保王黨人中為他爭取支持，得到了行動的許可，自己也立下了軍令狀，於是他帶領團隊通過一條只有他一人知道的羊腸小道，來到了保王黨人把守的山隘，在這次奇襲中功績卓著，因此在拿下特洛加代羅③之後，他被任命為上校，接受了四級榮譽勳章，並被冊封為伯爵。西班牙戰爭結束後，費爾南請求去希臘效力並得到了允許，仍然在軍隊裡供職。」

「不久之後，就聽說德．莫爾塞夫伯爵，是他這時用的名字，已在阿里帕夏④的麾下當了少將教官。」

「您也知道，阿里帕夏後來被殺了，他死前給費爾南留下一大筆錢，以酬謝他的效忠，費爾南帶了這筆錢回到法國，他那少將軍銜被正式確認了。」

「現在，他在巴黎的埃爾代街二十七號擁有一座華美的府邸。」

「那麼梅爾塞苔絲呢，」教士說，「有人對我肯定說，她不見了？」

「現在梅爾塞苔絲成了巴黎的一位最高貴的夫人啦，」卡德魯斯說道。

「開始，梅爾塞苔絲失去愛德蒙之後也曾灰心絕望過。我已對您說到她怎麼向德·維爾福先生再三請求，以及她怎麼對唐泰斯的父親一片忠誠。正當她極度悲傷的當兒，費爾南又出發當兵去了，使她更加傷心不已；她並不知道費爾南幹的壞事，一直把他當兄弟看待。」

「費爾南第一次從軍隊裡回來休假時，對梅爾塞苔絲絕口不提一個愛字；第二次回來，他提醒她，他仍在愛著她。」

「梅爾塞苔絲請他讓她再等愛德蒙六個月，再為他哀慟半年。六個月後，婚禮在阿庫爾教堂舉行。」

「正是她要嫁給愛德蒙的那個教堂，」教士喃喃說道，「只是換了個新郎而已。」

「德·維爾福先生呢？」教士又問道。

「我僅僅知道，自從他派人逮捕了愛德蒙後不久，娶了德·聖梅朗小姐為妻，並且很快就離開了馬賽。」

教士從他的口袋裡掏出鑽石，遞給卡德魯斯。

「拿著吧，我的朋友，」他對他說，「拿著這顆鑽石，因為它是屬於您的了。」

「什麼，屬於我一個人？」卡德魯斯驚呼道，「啊！先生，您不是在開玩笑吧？」

「這顆鑽石本該在愛德蒙的朋友之間平分，可是他只有一個朋友，所以不用分了。拿著這顆鑽石，再把它賣了吧，它值五萬法郎，我再向您說一遍，我希望這筆錢，足以使您擺脫貧困。」

「作為交換，」他繼續說道，「請把莫雷爾先生留在老唐泰斯壁爐上的那只紅絲線錢包給我，您對我說過的，錢包還在您的手裡。」

卡德魯斯愈來愈驚愕，他走向一隻大橡木櫃子，打開，交給教士一只長長的錢包，紅絲線已經褪色了，上面有兩只從前是鍍金的銅圈。

教士接過錢包，然後把鑽石交給卡德魯斯。

---

①杜加是當地的一個區，博凱爾是這個區的中心。

②比利時的一個鎮，拿破崙在一八一五年六月十六日在那裡與普魯士人打了一仗。

③西班牙一海灣，一八二三年被法軍占領。

④阿里帕夏（一七四四～一八二二）：希臘約阿尼納大帕夏區統治者，土耳其蘇丹屬下的總督。

第九章◎莫雷爾公司

莫雷爾公司再也不像一家蒸蒸日上的公司那樣，散發出寧靜而歡愉的生活氣息；在院子裡看不到堆積的包裹，聽不到送貨人的叫喊聲和笑聲；一眼望去，人們能感覺到的，只是一派蕭條、冷寂的景象。以往坐滿每個辦公室的那些職員中，只剩下兩個人。一個是年輕人，約莫二十三、四歲，名叫埃馬紐埃爾·雷蒙，他正在追求莫雷爾先生的女兒；另一個是管帳的老夥計，獨眼，名叫科克萊斯①，這個綽號完全取代了他的真實姓名。

自從上個月底圓滿地結清帳目之後，莫雷爾先生度過了一段很艱難的時日；為了應付月底的付款，他集中了所有的資產；他擔心讓人看見他這副捉襟見肘的窘態，會使他面臨困境的消息在馬賽不脛而走，於是到博凱爾的集市上跑了一趟，把他的妻子、女兒的一些首飾和他的一部分銀器都賣掉了。靠了這筆錢，莫雷爾公司這次才保全了面子；不過帳上已經完全空了。貸方聽到傳聞，個個膽戰心驚，全都帶著合乎常情的自私心理不願再貸款；為了應付本月十五日要償還德·博維爾先生的十萬法郎，以及下月十五日到期的另外十萬法郎，莫雷爾先生事實上已經把最後的希望，完全寄託在法老號的返航上了。

就在這樣的背景下，羅馬的湯姆森——弗倫奇公司的代表，在與德·博維爾先生談成我們已作過介紹的那筆重要交易的第二天，前去求見莫雷爾先生。

英國人走進辦公室，他看見莫雷爾先生坐在一張桌子後面，面對著那一摞摞堆得高高的、記載著他負債情況的賬簿，臉色慘白。

十四年過去了，這位可敬的商人已今非昔比，在本故事開始時他才三十六歲，現在已快五十了；他的頭髮變白了，額上因憂慮過度，刻下了幾道深深的皺紋。英國人帶著好奇中，明顯摻著關切的神情注視著他。

「先生，」莫雷爾先生說道，英國人那專注的目光使他更加感到不自在了，「您想和我談話嗎？」

「是的，先生。你知道我是代表哪家公司來的，是嗎？」

「代表湯姆森——弗倫奇公司吧。」

「您說不錯，先生。湯姆森——弗倫奇公司在本月和下個月內，有三十、四十萬法郎要在法國支付，該公司知道您辦事一絲不苟，於是把所能收集到的、由您簽署的期票都收攏來，委託我根據這些期票的先後到期時間，到您這裡兌取這筆款項，以備使用。」

莫雷爾深深地嘆了一口氣，把手放到汗水淋漓的額頭上。

「這麼說來，先生，」莫雷爾問道，「您手頭有我簽署的期票？」

「是的，先生，數目相當大。」

「多少？」莫雷爾問道，努力使自己的聲音保持鎮靜。

「首先是這些，」英國人從口袋裡抽出一疊紙說道，「這是監獄巡視員德·博維爾先生轉讓給我們公司的二十萬法郎期票。您承認欠德·博維爾先生這筆款子嗎？」

「是的，先生，這筆款子是他以四厘半利息存在我處的，就快滿五年了。」

「那麼您的償還期限是……」

「本月十五日支付一半，下個月十五日支付另一半。」

「正是這樣；還有，這裡又是一張三萬二千五百法郎的期票，本月到期，也是由您簽署，並由另一些期票持有者轉到我們帳上的。」

「我認得的，」莫雷爾說道，想到平生也許要第一次不能使自己簽字的票據兌現，他羞愧之下，臉漲得通紅，「全在這裡了嗎？」

「不，先生，我在下月底還有一些錢要兌現，這是帕斯卡爾公司以及馬賽的懷爾德——特納公司轉讓給我們的，約有五萬五千法郎；總共加起來是二十八萬七千五百法郎。」

「二十八萬七千五百法郎，」他不由自主地重複道。

「是的，先生，」英國人答道，「不過，」他停頓了一會兒又繼續說道，「我不必向您隱瞞，莫雷爾先生，至今為止您那無可指責的信用是眾所周知的，但馬賽有傳聞說，您已應付不了這些債務了。」

「既然您坦率地提出這些問題，」他說，「我也得坦率地答覆您。是的，先生，倘若像我希望的那樣，我的船能順利返航，我可以支付，因為船一回來，便能恢復我的信譽，在這以前我因遭受到接二連三的意外事故，信譽已岌岌可危；然而，倘若事有不幸，我最後依賴的財源法老號出了事……」

「因此，倘若這個希望落空了……」

「我就完了，先生，徹底完了。」

正在此時，一位少女走進來，臉色蒼白，兩頰沾滿淚水。

「啊，我的父親！」少女合起雙手說道，「請原諒您的孩子給您帶來了一個壞消息！」

莫雷爾臉無血色；朱麗撲到了他的懷裡。

「這麼說，法老號沈沒了？」莫雷爾哽咽地問道。

少女沒有回答，但她靠在父親的胸膛上點頭示意是這麼回事。

「那麼船員呢？」莫雷爾問道。

「他們得救了，」少女說，「剛剛進港的那條波爾多船把他們救上來了。」

莫雷爾先生帶著聽天由命和一種崇高的感激的表情，向上天舉起雙手。

他剛剛說出這句話，莫雷爾夫人就啜泣著走了進來，後面跟著埃馬紐埃爾；在前廳的裡端，站著七、八個臉容粗獷、半身裸露的水手。

一個老水手，臉上被赤道的陽光曬得黑黝黝的，手裡捲著頂破破爛爛的帽子，走上前來。

「當時，莫雷爾先生，」他說道，「我們在風平浪靜的海上航行了一個星期後，又藉著溫和的偏南的西南風在勃朗海岬和布瓦雅多爾海岬之間穩穩當當地航行，突然，在海水盡頭升起的那一大片烏雲。」

「五分鐘，主帆收下，我們依靠前桅帆、第二層帆和第三層帆航行。」

「十分鐘後，我們把所有的帆都收起來了，光著桅桿航行。船太舊了，我們忽上忽下地顛簸了十二個鐘頭以後，船開始進水了。」

「您知道，莫雷爾先生，」老水手佩納隆繼續說道，「這時，船呻吟起來了，它似乎在對我們說：『你們走吧！你們走吧！』可憐的法老號也沒撒謊，我們感到它在我們腳下漸漸往下沈。我們一齊動手，迅速把救生艇放到海裡，八個人全部一齊跳到裡面。」

「船長最後一個下來，因為他不願意離開他的船，是我上去攔腰把他抱住，把他扔給其他夥計，然後，我也跟著跳下去了。真是千鈞一髮哪！因為我剛剛跳下小艇，甲板就帶著一聲巨響炸裂了，好似一艘主力艦的側舷炮齊發似的。十分鐘後……一切都結束了，法老號沒了！」

「好，我的朋友們，」莫雷爾先生說道，「你們都是好夥計，我早就知道，如果我遇到災難，唯一的罪人只能是我自己的命運。這是天主的旨意，而不是人的過錯。讓我們順從上帝的意願吧。孩子們，我一艘船也沒有了，再也不需要水手啦……景況好些時我們再相會。」

「是再見不是永別，是嗎，莫雷爾先生？」佩納隆說道。

「是的，朋友們，但願如此，是再見；去吧。」

「現在，」船主向他的妻子和他的女兒說道，「請讓我單獨待一會兒，我要與這位先生談談。」

「嗯，」英國人繼續說道，「我是您的主要債權人，是嗎？」

「至少您擁有近期兌現的全部期票。」

「您希望對我延期付款嗎？」

「延期付款能挽救我的名譽，因而也能挽救我的生命。」

「您希望延期到何時？」

莫雷爾猶豫了一下。

「兩個月，」他說道。

「好吧，」陌生人說道，「我給您三個月期限。」

「可是，您相信湯姆森——弗倫奇公司……」

「放心吧，先生，一切由我負責。今天是六月五日。」

「是的。」

「那好，請重新開出九月五日的期票；九月五日上午十一點（掛鐘此時正指十一點），我再到您這裡來。」

八月過去了，莫雷爾不停地拆東牆補西牆，時而兌現原有的期票，時而又開出新的期票。八月二十日，馬賽有人傳來風聲，說莫雷爾搭乘一輛郵車走了。

九月一日，莫雷爾回來了；全家人都心急火燎般地等著他，他這次巴黎之行應該是他的最後一線生機。莫雷爾想到了唐格拉爾，但他對他有一種不可自制的本能的反感，因此，他一拖再拖，不到山窮水盡不去求救於他。他當初這樣想是對的，因為他果然遭到拒絕，蒙受屈辱，身心交瘁地回到了家中。

「這一下我們完了，」兩個女人對埃馬紐埃爾說道。

她倆進行了短暫的密談之後，商定由朱麗寫信給她在尼姆駐防的哥哥，請他立即趕來。

兩個女人廝守著度過了這一夜。從前一天晚上起，她倆就等著馬克西米利安回家了。

不一會兒，門打開了，朱麗感到兩隻胳膊摟住了她，一張嘴貼在她的額頭上。

她抬起眼睛，興奮地叫出聲來。

「馬克西米利安，我的哥哥！」她喊道。

莫雷爾夫人聽見喊聲，跑過來撲進了兒子的懷抱。

「朱麗，」莫雷爾夫人邊向年輕人示意，邊說道，「去告訴您的父親，說馬克西米利安剛剛回來。」

少女衝出房間，但剛踏上樓梯的第一級，她看見一個人手上拿著一封信。

「您是朱麗，莫雷爾小姐嗎？」此人帶著濃重的義大利口音問道。

「是的，先生，」朱麗結結巴巴地答道，「您有什麼事情？我不認識您。」

「請讀一讀這封信，」那人邊說邊向她遞過一張紙。

少女奪過信紙，讀了起來：

請即刻到梅朗小路去，進入第十五號樓房，向門房索取六樓房間的鑰匙，走進這間屋子，取走放在壁爐一角的紅絲線錢包，把這個錢包交給您的父親。務必讓他在十一點鐘之前拿到，至要。

水手辛巴德

少女興奮得大叫一聲，抬起頭，尋找那個交給他這張紙條的人，想問問他，但他已不見了。

這時，她又把目光落到紙上，想再念一遍，發現紙上還有一段附言。

她念道：

有一點很重要，就是您得親自並單獨完成這趟使命，倘若有人陪您，或是另一個人去了，門房將會回答他不知道有這回事。

出於一種奇特的情感，她想求助的既不是她的母親，也不是她的哥哥，而是埃馬紐埃爾。

她走下樓，向他敘述湯姆森——弗倫奇公司代理人到她父親那裡去的那天遇到的事情；她對他說了剛才樓梯上發生的一幕，並把信交給他看。

「應該去，小姐，」埃馬紐埃爾說道。

朱麗還在猶豫不決。

埃馬紐埃爾為了讓少女當機立斷，也就顧不上其他的事了。

「請聽我說，」他對她說，「今天是九月五日，是嗎？」

「是的。」

「今天，在十一點鐘，您的父親要支付近三十萬法郎。如果今天在十一點鐘之前，您的父親找不到某個人來幫助他的話，到了中午，您的父親就不得不宣告破產了。」

「啊！走吧！走吧！」少女邊拖著年輕人跟她走邊大聲喊道。

在這當口，莫雷爾夫人已經把一切都對她的兒子說了。

馬克西米利安飛快地跳下樓梯，撲上去摟住他父親的脖子。可是，突然間他往後退下一步，只留下右手按在他父親胸前。

「父親，」他的臉刷地變成死灰色，「為什麼您在禮服裡面藏著一對手槍呢？」

「馬克西米利安，」莫雷爾凝神望著兒子答道，「你是一個男子漢，一個珍惜名譽的男子漢；來吧，我會告訴你的。」

莫雷爾邁著堅定的步伐上樓向自己的書房走去，馬克西米利安步履踉蹌地跟在後面。

莫雷爾打開門，等兒子進來後又把門關上；接著他穿過前廳，走進辦公室，把一對手槍放在桌旁，用手指向他兒子並且指了指一本打開的賬本。

在這本賬簿上，準確地記錄著公司的財務狀況。

莫雷爾再過半個小時必須支付二十八萬七千五百法郎。

他現在總共才有一萬五千二百五十七個法郎。

「那麼再過半個鐘頭，」馬克西米利安語調低沈地說道，「我們的姓氏就要蒙受恥辱了。」

「鮮血會洗清恥辱的，」莫雷爾說道。

「您說得對，父親，我懂您的意思。」

接著，他把手伸向手槍。

「一支您用，一支我用，」他說，「謝謝。」

莫雷爾攔住了他的手。

「還有你的母親呢……你的妹妹呢……誰來養活她們？」

年輕人全身上下打了個寒戰。

「呵！父親，父親，」年輕人大聲叫道，「可要是您能活著那該有多好啊！」

「倘若我活著，一切都改變了；倘若我活著，關心就會變成懷疑，憐憫會變成催逼；倘若我活著，我只是一個不守信用、不能履行諾言的人。反之，倘若我死了，請想想吧，馬克西米利安，我的屍體便是一個正直而不幸的人的屍體。活著，連我最好的朋友都不會再上我的家門；死了，整個馬賽將會哭泣著，一直把我護送到我最後的安息之地；活著，我的名字會使你蒙羞含垢；死了，你可以昂起頭顱。」

「您對我還有什麼囑咐嗎，父親？」馬克西米利安問道，他連聲音都變了。

「有的，兒子，有一個神聖的囑託。」

「請說吧，父親。」

「湯姆森——弗倫奇公司是唯一一家同情我的公司。他們這樣做是出於人道，還是出於自私的動機，我不知道，不過不該由我來研究人們的心理了。這家公司的代理人再過十分鐘就要來取二十八萬七千五百法郎到期期票的現款，這位先生，我想說他不是同意，而是主動提出為我放寬了三個月的限期。我的兒子，你首先要把這家公司的欠債還清，你對此人要絕對尊重。」

「知道了，父親，」馬克西米利安說道。

「現在，最後一次道別吧，」莫雷爾說，「去吧，去吧，我需要一個人待著；你在我臥室的寫字檯裡會找到我的遺囑的。」

時針在走動，子彈已經上膛；他伸出手拿了一支槍，喃喃地念叨著他女兒的名字。

掛鐘即將敲響十一點。

他把武器移向自己的嘴……。

突然，他聽到一聲叫喊，是他女兒的聲音。

「父親！」少女叫道，她上氣不接下氣，興奮得幾乎昏死過去。「得救了！您得救了！」

說著，她一頭栽進他的懷裡，手上舉起一只紅絲線錢包。

莫雷爾拿起錢包，打了一個寒噤，因為他依稀記得自己曾有過這樣一件東西。

錢包的一端是一張二十八萬七千五百法郎的期票。

期票已經付訖。

另一端是一顆大如榛子的鑽石，還附著一小張羊皮紙，上面寫有五個字：

朱麗的嫁妝。

「莫雷爾先生！」樓梯上有一個聲音大聲叫喊道，「莫雷爾先生！」

埃馬紐埃爾走了進來，臉色異常的興奮和激動。

「法老號！」他大聲叫喊道，「法老號！」

這時他兒子進來了。

「父親，」馬克西米利安喊道，「您幹麼要說法老號沈了呢？瞭望臺已經看到它，它進港了。」

港口上擠滿了人。

人群紛紛為莫雷爾閃開一條路。

果真，在聖讓瞭望塔的對面，發生了一件奇蹟般的不可思議的事情。一艘海船正在拋錨收帆，它的尾部寫著幾個白色大字：法老號（馬賽莫雷爾父子公司）。

整個城市都可以作為這個奇蹟的見證人。正當莫雷爾和他的兒子，在全城人的一片鼓掌歡呼聲中，站在海堤上熱烈擁抱時，有一個黑鬍鬚遮住了半張臉的男人，站在一艘豪華遊艇的甲板上，脈脈含情地注視著這個場面，口中喃喃地說道：

「現在，永別了，善良、人道和感激……永別了，所有使人心暖意融融的情感！……

……我已替代天主酬報了善者……現在讓我們代復仇之神去懲治惡人吧！」

說完這句話，他做了個手勢，遊艇似乎就等著這個信號以便啟航似的，立即向大海飛駛而去。

①拉丁文中意為「獨眼」。羅馬英雄賀拉斯因一眼失明有此綽號。

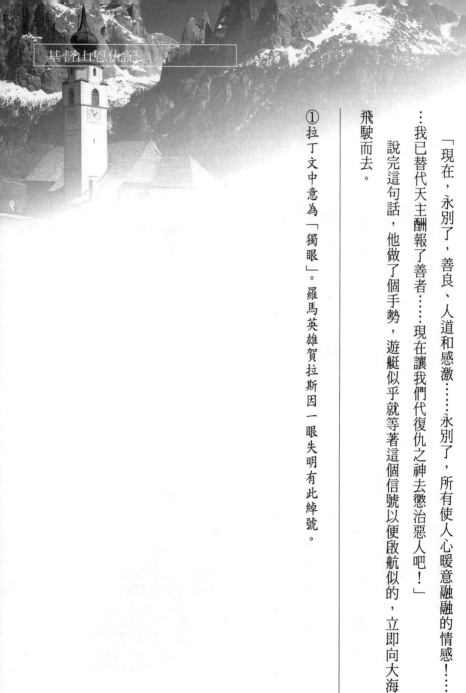

第十章◎羅馬狂歡節

一八三八年初，兩位巴黎上流社會的年輕人來到佛羅倫薩，一位是阿爾貝·德·莫爾塞夫子爵，另一位是弗朗茲·德·埃皮奈男爵。他倆商定去羅馬參加當年的狂歡節①，弗朗茲住在義大利已將近四年之久，將充當阿爾貝的嚮導。

狂歡節那天，弗朗茲早早醒來，向廣場瞥了一眼，只見到處都是喧喧嚷嚷、忙忙碌碌、歡天喜地的市民百姓。西托里奧山上的鐘，只為教皇升天和狂歡節開幕而鳴響，此時已噹噹地敲打起來了。

他們穿戴完畢後，就走下樓來。馬車等在門口，車子裡堆滿了彩紙屑和花束。

他們混入了馬車的行列。

波波洛廣場呈現出一派狂歡勁舞、嘈雜喧鬧的歡樂景象。一大群假面人出現了，他們從四面八方簇擁而來，有的從門裡鑽出來，有的從窗口上滑下來；在大街的拐拐角角上，一輛輛馬車像決了堤似的也衝過來了，馬車上坐滿了小丑、滑稽人、穿化裝長袍的人、有貴族氣派的人、特朗斯泰凡爾人、奇形怪狀的人、騎士和農民；有人在叫，有人在做鬼臉，有人在扔塞滿麵粉的蛋殼，還有人在扔彩字屑和花束；所有的人都在相互用語言攻擊，或互扔東西，不論是朋友還是外國人，熟人還是陌生人，誰也無權生氣，大家只有笑的份兒。

「啊！我親愛的！」他對弗朗茲說道，「您沒看見嗎？……」

「看見什麼？」弗朗茲問道。

「呃，就是那輛走動的四輪馬車，載滿羅馬農婦的那輛。」

「沒有。」

「啊哈。」

「啊哈！我相信她們都是可愛的女人。」

他抓起所有剩餘的花束，全部扔進那輛馬車裡了。

其中有一個可愛的女人，也許她被阿爾貝逗得動情了，竟然也把一束紫羅蘭扔了過來。

「好嘛！」弗朗茲對他說道，「豔遇開了頭啦。」

不過，戲言很快就演變成為事實，當他倆再次與農婦的那輛馬車相遇時，剛才向阿爾貝扔鮮花的那個女農，看見她的花插在阿爾貝的鈕扣孔裡時，鼓起掌來了。

宣布狂歡節揭開序幕的那座鐘樓上，又敲響了這天到此結束的鐘聲。科爾索街的馬車行列斷線了，剎那間，所有的馬車都在一條條橫街上消失了。弗朗茲再也沒有見到那個女人。

馬車夫一言不發穿過這條街，沿著波利宮駛入西班牙廣場，在旅館前停下車來。

帕斯特里尼老闆在大門口迎接他的賓客。

在吃餐後甜點時，僕人詢問兩位年輕人要車的時間。

「基督山伯爵大人明確吩咐，」他對他倆說，「馬車整天歸兩位大人調遣；因此不必擔心有所不便。」

兩個年輕人決定徹底享受伯爵的特意關照，便下令備馬。他們換上衣服後，便去阿根廷劇院，在伯爵的包廂裡安頓下來。

一小時後，兩位朋友回到旅館。帕斯特里尼老闆已經對他倆次日穿的衣裝作了安排；他答應他們，他會想方設法，積極籌措，讓他倆滿意的。

次日午後一點半鐘，兩位年輕人下樓了。阿爾貝溫情脈脈地，把那束枯萎的紫羅蘭，插在他的鈕扣孔裡。

鐘聲響起，他們就出發了，沿著維多利亞街，向伏流街飛駛而去。

馬車轉到第二圈時，又一束紫羅蘭鮮花，從載滿穿著奇裝異服的女人的馬車上，落到伯爵的馬車裡，阿爾貝看出，如同他和他的朋友那樣，頭天晚上看見的那些女農民已經換了裝，也許是出於偶然，也許是出於與他相同的一種情感，就在他殷勤地穿她們的家鄉服裝時，她們已換上他小丑式樣的服裝了。

阿爾貝和那個扔紫羅蘭花束的女小丑的調情，延續了整整一天。

五點十分，阿爾貝回來了。他興奮之極：那位女丑又換上了農婦的服裝，與阿爾貝在馬車相遇時，她掀起了面罩。

她是個迷人的姑娘。

他決定次日給她寫信。

果然，到了次日，弗朗茲看見阿爾貝在下面走過來又走過去，手上拿著一大束花，大概是把它作為傳遞情書的使者。這個假設很快就得到了證實，因為看見一個穿著粉紅色綢衣的迷人的女小丑的雙手上拿著同樣大的一束花，上面一圈白茶花非常耀眼。

第二天黃昏時分，弗朗茲看見他三步並成兩步地跳進他的臥室，手抓折成四方形的便條的一角，使勁揮舞著。

「她有回音了?」弗朗茲問道。

「請自己念吧。」

他說最後這句話時，聲調之激動真是難以言述。弗朗茲接過便條，念道：

星期二晚上七點鐘，在蓬特費西街對面下車，跟著那個到時候將奪掉您手中蠟燭的羅馬農婦走。當您走到聖賈科莫教堂的第一個臺階上時，請注意在您的小丑服裝的肩頭紮上一條粉紅色緞帶，以便她能認出您。

在此期間，您見不到我了。望堅貞和謹慎。

「您是天生的幸運兒，」弗朗茲說道，並把紙條遞還給阿爾貝。

拋花束的婦人信守諾言：在第二、第三天，她都沒有給阿爾貝任何信息。

星期二到了，這是狂歡節最熱鬧也是最後的一天。

阿爾貝每隔五分鐘就掏出懷錶看看；終於時針指向七點了。

這時兩個朋友正巧位於蓬特費西街上。阿爾貝跳下馬車，手上擎著蠟燭。聖賈科莫教堂的臺階上，擠滿了好奇的看客和戴面罩的人，他們都在競相奪取他人手中的燭火。弗朗茲目送著阿爾貝，看見他踏上了第一級臺階；幾乎與此同時，一個戴面罩的人，穿著一件扔花束農婦穿的衣裳，伸長了胳膊，一下子奪走了阿爾貝手上的蠟燭，這一次，他沒有任何自衛的表現。

弗朗茲離得太遠，無法聽見他倆說什麼話，不過可以肯定的是，話中毫無敵意，因為他看見阿爾貝和農婦臂挽臂地走開了。

晚餐已準備好了；不過阿爾貝事先說過，他不會回來得過早的，於是弗朗茲也不等他，就一個人坐到了餐桌前面。

到了十一點鐘，阿爾貝還沒有回來；弗朗茲穿戴完畢，通知他的旅館主人，說他要在布拉恰公爵府上度過一夜之後，便出發了。

弗朗茲和阿爾貝來到羅馬時帶著給公爵的引見信，所以公爵向弗朗茲提出的第一個問題便是他的旅伴為什麼不來。弗朗茲回答他說，在蠟燭熄滅的當兒，他走開了，到了馬切洛街就不見了。

「呃！善良的天主啊！」伯爵夫人問道，「這個時刻，倘若不是參加舞會，誰還會在羅馬的街上亂闖呢？」

「我們的朋友阿爾貝．德．莫爾塞夫，伯爵夫人，」弗朗茲說道，「晚上七點鐘左右他離開我去跟蹤一個陌生女人了，後來我一直沒再見到他。因此我預先告訴旅館了，我今天將榮幸在您的府上度過一夜，公爵先生，」弗朗茲說道，「他回來時，他們會告訴我的。」

「瞧，」公爵說道，「我想，現在我的一個僕人就是找您來了。」

公爵沒有猜錯；那個僕人看見弗朗茲，便向他走過來。

「閣下，」他說道，「倫敦旅館的老闆讓我轉告您，有一個人帶著德．莫爾塞夫子爵的一封信在旅館等您。」

弗朗茲拿起帽子，匆匆忙忙地走了。當弗朗茲走近旅館時，他看見一個人站在街面當中；他馬上就猜出此人便是替阿爾貝送信的人。弗朗茲向他走去，大大出乎意料的是，此人竟主動與他說話了。

「閣下要找我嗎？」他說著往後退了一步，彷彿想擺出有所戒備的樣子。

「把德．莫爾塞夫子爵的一封信帶來給我的就是您嗎？」弗朗茲問道。

「閣下是子爵的旅伴嗎？」

「不錯。」

「閣下的尊姓大名？」

「弗朗茲．德．埃皮奈男爵。」

「那麼這封信就是交給閣下您的了。」

「需要回覆嗎？」弗朗茲從他手中接過信時問道。

「要的，至少您的朋友希望如此。」

信是阿爾貝的手跡，並且有他的簽名。弗朗茲重讀了兩遍，他萬萬沒想到信的內容會是這樣的。

信的全文如下：

親愛的朋友，您一接到信後，就請幫忙在我的皮夾裡拿出匯票，皮夾在寫字檯的方抽屜裡；倘若錢數不夠，請把您的也補上。請趕快到托洛尼亞那裡去，在他那兒當場點取四千皮阿斯特，把這些錢交給送信人。這筆錢務必及時送交給我，十萬火急。

我不多說了，一切拜託，正如您能信託我一樣。

您的朋友：阿爾貝・德・莫爾塞夫

又及：I believe now to Italian banditti. ②

在這幾行字的下首，有幾行陌生人的字跡，是用義大利文寫的：

Se alle sei della mattina le quattro mile mie piastre non sono nellemie-mani, alla sette il conte Alberto avia cessato di vivere. ③

路易吉・萬帕

這下弗朗茲才明白，阿爾貝已落入著名的強盜頭子萬帕手中。於是他又想到了基督山伯爵，出面請他協助救出阿爾貝。伯爵二話沒說，帶他去了萬帕的老巢。基督山伯爵曾是萬帕的救命恩人，他對萬帕提出的任何要求，萬帕都是唯命是從的。因此伯爵先生毫不費事地就把阿爾貝又帶回到羅馬。

---

①亦譯「嘉年華會」。歐洲民間的一個節期，一般在基督教大齋節前三天舉行。因封齋期間教會禁止肉食和娛樂，故人們在此節前舉行各種宴飲跳舞，盡情歡樂。

②英文：我現在相信義大利有強盜了。

③義大利文：倘若在清晨六點之前我還沒拿到四千皮阿斯特，那麼在七點鐘，阿爾貝・德・莫爾塞夫子爵就活不成了。——原注

第十一章◎約會

翌日，阿爾貝剛起床，他說的第一句話便是建議弗朗茲去拜訪伯爵；雖說頭天夜間他已經謝過他一次了，然而他明白，他幫了這麼大的忙，是值得再去感謝第二遍的。

弗朗茲陪他去了；兩個人被領到客廳裡，五分鐘後，伯爵走了進來。

「伯爵先生，」阿爾貝迎向他說道，「請允許我今天上午向您重複說一遍，這就是我永遠都會記住，我的生命可以說是您賜予的。」

「好啊！」伯爵說道，「我向您承認，德·莫爾塞夫先生，您的好意我心領了，並且我真心實意地接受了。我早已看中您，並請求您幫我一個大忙。」

「幫什麼忙？」

「我從未到過巴黎！我不熟悉巴黎……」

「啊！這件事，伯爵先生，包在我身上，我將盡心盡力！」阿爾貝答道，「更為湊巧的是（親愛的弗朗茲，請別笑話我！）我今晨收到一封信，要我回到巴黎，是關於我與一個可愛的家庭結合的事情，他們與巴黎上流社會有著千絲萬縷的關係。」

「是聯姻嗎？」弗朗茲笑著問道。

「啊！我的天主啊，是的！無論如何，伯爵，我再向您重複一遍，我與我的家人都會全心全意地為您效勞的。」

「我接受了，」伯爵說道，「因為我可以向您發誓說，我只缺少這麼一個機會去實現我醞釀已久的計畫啦。」

「什麼時候？」

「您願意我們的約會日期以天、以小時計算嗎？」伯爵說道，「我得預先告訴您，我可是非常準時的啊。」

「以天、以小時計算，」阿爾貝說道，「這正合我的心意吶。」

「好吧，就這麼說定了。」他把手伸向一本掛在一面鏡子旁的日曆說道，「今天是二月二十一日(他掏出懷錶)，上午十點半。您願意在今年五月二十一日上午十點半等我嗎？」

「太好啦！」阿爾貝說道，「請來用早餐吧。」

「您住在哪兒？」

「埃爾代街二十七號。」

「行。」

伯爵拿出記事本，寫上：埃爾代街二十七號，五月二十一日上午十點半鐘。

於是兩個年輕人向伯爵鞠躬，走了出去。

五月二十一日上午，阿爾貝·德·莫爾塞夫府邸裡一切都已準備就緒，以便為許下諾言的年輕人爭光添色。

十點半鐘敲響了。

掛鐘的顫音尚未消失，門開啟了，貼身侍僕熱爾曼通報說：

「基督山伯爵大人到！」

伯爵出現在門口，他的穿著極為簡單，可是哪怕最挑剔的花花公子，也休想對他的衣著說三道四。他的穿戴品味很高，上裝、帽子和襯衣，一切都出自最高雅的服裝設計師之手。

「先生，」阿爾貝說道，「我的僕人對我說，早餐已經準備好了。親愛的伯爵，請允許我為您引路。」

他們靜靜地步入餐廳，各就各位。

飯畢，阿爾貝對基督山說道：

「伯爵先生，請允許我以導遊的身分開始向您介紹一個典型的單身男子的住所。」

他倆從客廳進入臥室。這個房間既是質樸無華，又是格調高雅的標本。裡面只掛著一幅畫，它鑲嵌在鍍金無光的畫框裡非常耀眼。署名是萊奧波德．羅貝爾。

這幅肖像畫首先吸引了基督山伯爵的注意，因為他在房內急速向前邁出了幾步，陡地在畫像前停了下來。

畫像上是一個二十五、六歲的少婦，棕色皮膚，在憂鬱的眼神下，目光仍然是那麼清亮明麗；她穿著一身加泰羅尼亞漁家女的漂亮的服飾，胸衣紅黑相間，頭髮上插著金別針；她凝望著大海，蔚藍的天和蔚藍的海襯托出她那苗條的身影。

「您的情婦可真漂亮啊，子爵，」基督山以非常平靜的語氣說道，「這套服飾，大概是舞會上穿的，穿在她的身上真是光彩照人啊。」

「啊，先生，」阿爾貝說道，「這是一個誤會，倘若在這張畫像旁邊，您能看見另一幅畫像的話，我就不能原諒您了。您不認識我的母親，先生；您在鏡框裡看到的就是她；是在七、八年前，她讓人畫成這個模樣的。伯爵夫人是在伯爵不在家時讓人畫這幅肖像的。也許她原以為伯爵回來後會讓他又驚又喜的，但非常奇怪，家父不喜歡這幅畫像。不過，這一幅畫有一種不祥的吸引力，因為每當我母親來到我房間時，難得有不對它看的，而每次看它，不流淚的時候就更難得了。」

說著，阿爾貝叫來貼身侍僕，吩咐他去通報德．莫爾塞夫先生和夫人，說基督山伯爵這就去見他們。

阿爾貝帶著伯爵跟隨僕人而去。

走進客廳，在一個最顯眼的地方，有一張肖像畫非常醒目，上面畫著一個三十五到三十八歲的男子，穿著將官的制服，佩戴飾有螺旋形流蘇的雙層肩章，頸脖上套著榮譽軍團勛位的綬帶；他的右胸掛著救世主榮譽勛位胸章，左胸掛著查理三世的大十字勛章。

基督山正在全神貫注地端詳這幅肖像畫，突然，一扇側門打開了，迎面而來的是德·莫爾塞夫伯爵本人。此人約莫有四十到五十歲光景，但看上去至少有五十了，他那漆黑的髭鬚和濃眉與他那剪成軍人式平頂頭的花白頭髮形成了奇特的對照。基督山靜等著他走過來，沒挪動一步；彷彿他的雙腳被牢牢地釘在地板上了，正如他那雙眼睛死死地盯在了德·莫爾塞夫伯爵那張臉上一樣。

「父親，」年輕人說道，「我十分榮幸地向您介紹基督山伯爵先生。」

「我們大家都很喜歡先生的光臨，」德·莫爾塞夫伯爵面帶微笑向基督山致意，並且說道，「先生為我們家保存了唯一的一個繼承人，這個恩情使我們永生永世感激不盡。」

德·莫爾塞夫伯爵邊說話邊向基督山指著一張沙發椅，他本人則面對窗戶坐下來。

基督山呢，他在德·莫爾塞夫伯爵指定的沙發椅上坐下時，卻把姿勢調整到讓自己的臉隱藏在寬大的絲絨窗幔的陰影裡，因而能從伯爵疲勞而憂慮的面容上，看到時光刻下的每一條皺紋所記錄的全部內心隱痛。

「啊！我的母親來了！」子爵大聲說道。

果真，在基督山迅速轉過身子的時候，他便看見德．莫爾塞夫夫人站在客廳門口。她一動不動地站著，臉色蒼白，當基督山轉身面朝她時，她把那條不知為什麼緣故撐在鍍金門框上的胳膊垂落下來。

基督山站了起來，向伯爵夫人深深鞠躬致敬，後者也欠了欠身，默不作聲，有點過分拘於禮節的樣子。

「呃，天主啊！夫人，」伯爵問道，「您怎麼啦？是不是客廳裡溫度太高，讓您感到不適了？」

「您不舒服嗎？母親？」子爵大聲叫道，衝向梅爾塞苔絲。

她以微笑對他倆表示感謝。

德．莫爾塞夫先生走到她的身邊。

「夫人，」他說道，「我不得不離開伯爵先生，為此，我已經向他表示歉意了，我請您再次向他道歉。會議在下午兩點鐘開始，現在已經三點了，我還要發言呢。」

「去吧，先生，我會盡力使我們的貴客忘掉您已出門，」伯爵夫人以同樣動情的語調說道，「伯爵先生，」她繼而轉向基督山又說道，「您能賞光與我們度過一整天嗎？」

「謝謝，夫人，您可以看到，請您相信這一點，我對您的盛情已經感激涕零了；可是，我今天上午直接乘旅行馬車來到您的家。我在巴黎如何安頓，我還不知道；我住在哪兒，也不大清楚。我知道，這不用過多擔心的，不過也不可忽視啊。」

基督山告辭走出前廳，當他剛走下臺階，便發現馬車已在等著他了。

伯爵跳進車廂，車門隨即關上，轅馬踏著碎步往前奔去，但車子駛得並不很快，所以伯爵還是能發覺他離開時，德．莫爾塞夫夫人待著的那個客廳的窗幔微微地抖動了一下。

當阿爾貝回屋去找他母親時，他發現伯爵夫人待在小客廳裡，把自己埋在一張包著天鵝絨的大沙發裡；整個房間沈浸在黑暗之中，只有立式瓷花瓶的鼓腹處或是在鍍金畫框的邊角稀稀朗朗地閃出片金鱗羽的光芒。

「伯爵有多大了？」梅爾塞苔絲問道，顯然她對這問題非常重視。

「有三十五、六歲吧，母親。」

「那麼這個人對您很友好嗎，阿爾貝？」她神經質地顫慄著問。

「我想是的，夫人。」

「而您……您也喜歡他？」

「不管弗朗茲．德．埃皮奈怎麼說，我還是很喜歡他，夫人，弗朗茲想讓我把他看成是從另一個世界回來的人。」

伯爵夫人驚恐得悸動了一下。

「阿爾貝，」她說道，聲音有些異樣，「從前我總是不讓您隨便結交新的朋友。現在，您已成人了，您有時甚至能勸導我了；不過，我還是要說：要謹慎，阿爾貝。」

第十二章◎奧特伊別墅

阿里選定的那座房子是作為基督山在城裡日常居住的，住於香榭麗舍大街的右首，前有庭院，後有花園。這座房子孤零零的，周圍非常寬闊，除了正門外，還有一扇邊門，朝向蓬蒂厄街。

馬車停在臺階的左邊；兩個人出現在車門前：一個是阿里，另一個謙恭地鞠了一躬，向伯爵伸出胳膊，扶他走下馬車。

「謝謝，貝爾圖喬先生，」伯爵說道，邊從馬車的三級踏板上輕鬆地跳下來，「公證人呢？」

「他在小客廳裡，大人，」貝爾圖喬答道。

正如管家所說的，公證人等候在小客廳裡。

「出售契約已經準備好了嗎？」

「是的，伯爵先生。」

「很好。我買進的這幢房子地點在哪裡？」基督山半是對貝爾圖喬半是對公證人漫不經心地問道。

公證人答道：「伯爵先生買下的這幢房子在奧特伊①。」

貝爾圖喬聽到這句話，臉刷地變白了。

「奧特伊在什麼地方？」基督山問道。

「離這裡沒多遠，伯爵先生，」公證人說道，「在帕西門稍過去點，環境優美，周圍是布洛涅森林。」

「您鑰匙帶來了嗎？」

「鑰匙在看守房子的守門人手裡，這是一張字條，我在上面吩咐守門人讓先生安頓在房子裡。」

「很好。」

伯爵獨自一人留下之後，就從口袋裡掏出一只帶鎖的活頁夾，他用掛在頸脖上、須臾不離的一把小鑰匙把它打開了。

他在活頁夾裡翻了翻，翻到一張寫了幾行字的那一頁，把這幾行字與放在桌上的房契對照一下，回憶了起來：

「奧特伊，方丹街二十八號，沒錯，」他說道。

基督山發現，當貝爾圖喬走下臺階時，用科西嘉人的方式畫了一個字，即是說用大拇指在空中畫了個十字形，然後當他在馬車上就座時，又輕聲喃喃祈禱了幾句。這位可尊敬的管家對伯爵醞釀已久的出門計畫實在是誠惶誠恐，除了喜歡刨根究柢的人而外，恐怕其他人對他那副慘相都會表示憐憫的。不過，伯爵似乎是過分好奇了，因而非要貝爾圖喬跑一趟不可。

馬車用了二十分鐘就駛到奧特伊了。馬車剛停，聽差急急忙忙跑上前把車門打開。

「敲門，」伯爵說道，「說是我來了。」

貝爾圖喬敲門，門開了，守門人出現了。

聽差把公證人交出的一張字條遞給守門人。

「您原來的主人叫什麼名字？」基督山問道。

「聖梅朗侯爵先生；啊！我相信，他的賣價和這座房子是不相稱的。」

「聖梅朗侯爵！」基督山接著說道，「嗯，這個名字聽來好像有點耳熟，」伯爵說道，「聖梅朗侯爵……」

他似乎在思索著什麼。

「一位老紳士，」守門人接口說道，「波旁王朝的一位忠誠的臣僕；他有一個獨生女，嫁給德．維爾福先生，後者先後在尼姆和凡爾賽擔任過檢察官。」

「他的女兒不是死了嗎？」基督山問道，「我似乎聽人提起過。」

「是的，先生，那是二十一年前的事了，自那以後，我們見過那位可憐的侯爵還不到三次。」

「把馬車上的提燈拿下來，貝爾圖喬，領我去看看房間，」伯爵說道。

管家一聲不吭地服從了，但他提燈的那隻手直打顫，由此不難看出他服從這命令的代價有多大了。

他們在樓房相當寬敞的底層遛達了一圈；二層樓包括客廳、浴室和兩間臥室。其中的一間臥室外面，有一座螺旋式的扶梯，一端通向花園。

「哦，這是一座暗梯，」伯爵說道，「這很方便。給我照亮，貝爾圖喬先生；您走在前面，沿著扶梯往下走。」

門打開後，露出了灰白色的天空，一輪明月在一片雲海裡陡然地掙扎著，它偶爾照亮了洶湧滾滾的烏雲，但又被它吞沒，烏雲最終也更加黯然地消失在茫茫蒼穹之中。

管家想朝左拐。

「不，先生，」基督山說道，「走小徑幹嗎？前面是一塊挺好的草坪，筆直往前走吧。」

相反，基督山卻偏右走。他走近一叢樹旁停了下來。

管家再也支持不住了。

「離開這兒，先生！」他大聲喊道，「離開這兒吧，我求求您了，您正好站在這個位置上啦。」

「就是他倒下去的位置。」

「怎麼回事？」伯爵接著說道，「您這麼激動幹什麼呢？這是個不祥之兆：一個心靈純潔的人臉上不會這樣慘白，雙手不會這麼發抖……」

「噯！我的好老爺，是這麼回事！」貝爾圖喬向伯爵跪下，邊大聲說道，「是呀！一次復仇，我起誓，純屬復仇。」

「我能理解，但我所不能理解的是，怎麼正巧是這座房子讓您激動到如此地步的。」

「可是，大人，」貝爾圖喬接著說道，「這不是挺自然的嘛，因為就是在這座房子裡我才報了仇的呀？」

「請說出來是怎麼回事。我可要手下人對我絕對忠誠。」伯爵說道。

「哦！先生，我以靈魂得救的名義向您發誓，我把這一切源源本本都告訴您，不過在此之前，我求求您了，先離開這棵梧桐樹吧；瞧，月亮就要照亮這朵烏雲，您像這樣站在這兒，穿了件披風，把您的身體也遮蓋住了，而這件披風還特別像德．維爾福先生穿的那件……」

「什麼！」基督山大聲說道，「是德．維爾福先生……」

「是的。」

「是他娶了德・聖梅朗侯爵的女兒？」

「是的。」

「那就洗耳恭聽啦。」伯爵說完，邊哼著一曲《露西亞》小調，邊走去坐在一條長凳上，貝爾圖喬跟在他後面，追憶起往事來了。

「我有一個哥哥，在拿破崙軍隊裡服役，是他把我撫養成人。一八一四年，他結婚了。滑鐵盧戰役後，他退到後方。一天，我們收到一封信，是我哥哥寫的，他告訴我們，軍隊已經遣散，他將回家；倘若我手頭還有一點錢，他讓我請人帶到尼姆的一家旅店去，以便他到那裡去拿，店主人是我們的老相識，與我有點關係。」

「我很愛我的哥哥，我剛才已經對您說過了，大人；因此，我決定不但給他送錢去，而且要親手送到。其時，正當發生了著名的南方大屠殺，有兩三幫盜匪，在大街小巷發現擁護拿破崙的可疑分子就殺戮。我們走進尼姆城，簡直就是踏在血泊裡，每走一步都會遇見屍體；殺人犯成群結幫的，四處殺人、掠奪、焚燒。」

「我逕自跑到我們那個旅店主人那裡。哥哥是頭天晚上到尼姆的，就在我投宿的那家旅店的門口，他被人殺死了。」

「我到處打聽殺人凶手的下落，但沒有人敢把他們的姓名告訴我，大家實在是嚇破膽了。這時我想到了法國的法院，許多人都曾向我提起過他們，說他們敢作敢為，於是我就去找檢察官了。」

「這位檢察官叫維爾福嗎？」基督山漫不經心地問道。

「是的，大人；他是從馬賽來的，在那裡任過代理檢察官。他效忠王室，使他得到升遷。據說，他是向政府最先透露皇帝從厄爾巴島登陸的人之中的一個。」

「我一再請求維爾福主持正義，嚴懲凶手，他居然說：『每場革命都會帶來災難，您的哥哥就是這場革命的犧牲品。那些擁護篡位者的人掌權時，對國王的擁護者也肆意報復過，倘若我們對他們的報復行為也一一審判的話，那麼今天，您的哥哥也許就會被判處極刑。眼下所發生的一切是非常自然的，因為這是報復的法則嘛。』」

「『好吧！』我壓低聲音對他說，『既然您熟悉科西嘉人，您就該知道他們是如何信守諾言的。您認為他們殺了我那擁護拿破崙的哥哥是做了件好事，因為您是保王分子；那麼我，我也是擁護拿破崙的，我向您鄭重宣布：我要殺死您。從現在起，我要向您為親人復仇。所以說，您要好自為之，盡量保護好自己；因為當我們再次相遇之時，就是您的死期來臨之日。』」

「說完這句話，趁他驚魂未定，我就打開門，一溜煙跑掉了。」

「重要的不在於殺掉他，這點，我有上百次機會可以辦到；關鍵在於殺死他而不暴露自己，尤其是不被人抓住。因為自那以後，我不再屬於我自己了，我有義務要保護、養活我的嫂嫂。我窺伺了德·維爾福先生三個月，在這三個月中，他每走一步、每出一次門，每一次散步，到哪兒都逃不過我的目光。我終於發現他偷偷摸摸地到奧特伊來了，我仍然跟蹤他，我看見他走進我們現在待著的這座別墅；不過，他不像一般人那樣從臨街的那扇大門進入的，而是騎馬或坐車來，把馬或馬車留在旅店，自己卻從您看到的那個小門走進來。守門人說過，這座別墅歸德·聖梅朗大人先生所有，他是維爾福的岳父。德·聖梅朗先生住在馬賽，因此，這座鄉間別墅對他沒有用處，因而有人說他把別墅出租給一位年輕的寡婦，外人不認識她，只知道她叫男爵夫人。」

「果然，一天傍晚，我從牆上望去，看見一位年輕貌美的女人獨自在花園裡散步，她不時地向小門的那一頭張望，我明白了，這天晚上，她在等德·維爾福先生。當她離得我相當近時，我這才看出她有孕在身，甚至似乎已離臨產不遠了。」

「過了一刻，小門打開，一個男人走進去；少婦盡快地向他跑去；他倆緊緊摟抱在一起，充滿愛憐地親吻著，一起回到房子裡。」

「這個男人就是德．維爾福先生。我判斷，當他再走出去時，特別是在深夜出去時，他總會一個人再穿過整座花園的。」

「這天晚上，」貝爾圖喬接著說道，「我本來也許可以殺掉檢察官的，但我還不太熟悉花園的詳情。為了不漏過每一個細節，我在沿著花園的外牆的那條街上租了一個小房間。」

「記得那是九月底，風颳得很猛烈，我躲在離維爾福必經最近的一簇樹叢裡面，我剛躲進去，門打開了，一個裹著披風的人走了出來。我抽出短刀，打開刀刃，準備著。穿披風的人逕直向我走來，只見他突然停在簇樹叢的邊緣，開始在泥地上挖坑，隨後我瞧見他把一隻長兩尺、寬六至八寸的木盒放進坑裡，堆上土，又在這堆新土上踩了幾腳。這時，我向他猛撲過去，一邊把短刀插進他的胸膛。我感他的一股股鮮血漫乎乎地噴在我的雙手上、臉上。」

「眨眼工夫我就用鏟子把木盒挖了出來，為了不讓人發覺我劫走了木盒，我又填沒了坑，便衝出門，從外面鎖了門，把鑰匙帶走了。我奔到河邊，坐在河堤上，急於想知道木盒子裡面裝的是什麼東西，我用短刀把鎖撬開了。一塊細麻布的襁褓包著一個剛剛出生的男嬰；嬰兒的臉色發青，雙手發紫，說明他是被繞在頸脖上的臍帶勒死的；這時，他還沒變冷，我把繞住他頸脖的帶子鬆開，給他做了人工呼吸，終於看見他呼吸了，並聽見從他胸膛裡發出一聲哭喊。我早就知道，在巴黎有家育嬰堂，收容這些可憐的小生命。襁褓上原本繡著兩個字母，我多了個心把襁褓撕了一塊下來，而讓一個字母仍然裹著嬰兒的身子，我把包袱放在育嬰堂的圓轉櫃②裡，按了鈴，飛也似的跑掉了。半個月後，我回到了羅利亞諾。」

「我回到家，就把這件事一五一十地向嫂嫂說了。我嫂嫂心腸特好，想不到在我一次外出做生意時，她以那半塊襁褓作憑證，把嬰兒接回家撫養了，並為他取名為貝內代托。這個孩子長大後，撒謊、偷竊、搶劫，無惡不作，並且肆意虐待我的嫂子。不幸終於發生了，這壞小子居然夥同幾個壞人，把我嫂嫂活活燒死，搶走她的錢財後逃跑了。」

「有其父必有其子啊！」伯爵喃喃了一句，「現在，回去吧，貝爾圖喬先生，去安安穩穩地睡一覺吧。」

馬車又重新駛上回巴黎的路。

當天晚上，基督山伯爵走進他在香榭麗舍大街的寓所後，對恭候在一旁的啞奴說：「現在是十一點半，海黛快要回來了。你已通知法國女僕了嗎？」

阿里伸出手向那個套房指了指，用左手的手指做出「三」的數目，然後又把這隻手攤平，墊在頭下，閉上眼睛像睡覺的樣子。

「啊！」基督山已很熟悉這種啞語了，輕喚了一聲，「有三個女僕恭候在臥室裡是嗎？」

「是的，」阿里點頭示意。

不一會兒，傳來了馬車夫的呼喚聲，大鐵門打開，一輛馬車駛上小徑，在臺階前停下。伯爵走下去，他把手伸向從頭至下裹著鑲金邊的綠絲綢披風的一位少婦，她正是那位希臘美女，亦是在義大利通常伴隨基督山的女人。

次日，將近午後兩點左右，一輛華麗四輪馬車，由兩匹漂亮的英國馬拉著，停在基督山的府邸門前；這輛馬車的護板上畫著男爵的冠冕。

青年馬夫敲敲守門人的窗玻璃，問道：

「此地是德．基督山伯爵府上嗎？」

「大人是住在這裡，」守門人答道，「不過大人此時不見客。」

「這樣吧，這是我的主人唐格拉爾男爵先生的名片，請您轉呈基督山伯爵先生，並請轉告他，我的主人在去眾議院途中，有幸繞道專訪他。」

基督山及時得到了通報，他隔著小樓的一扇百葉窗，借用一副優質望遠鏡，早已把來者研究過一番了。

到了五點鐘，伯爵到昂坦堤道街唐格拉爾男爵先生府作了回訪。此次回訪的目的是要在銀行家那兒開個無限貸款的戶頭，經過一番較量，伯爵終於以巨大的財富作後盾，如願以償了。

聖奧諾雷區是富人居住的地區，一幢幢豪華的住宅星羅棋布。在靠近這個區的中間地區，有一座出眾的華美的府邸。這座府邸前有一個庭院，裡面積植著樹木，面向聖奧諾雷區，後有一個花園，由一道鐵門鎖閉著，鐵門外面便是一片菜園，亦屬這府邸主人所有。

春天仍繼續賜與巴黎的市民溫暖的白天，就在這樣的一天的傍晚時分，在花園的一個角落裡的一張石凳上多了一本書、一把遮陽傘、一只針線籃子和一塊剛剛著手刺繡的細麻布手帕。在離石凳不遠處的鐵柵門附近，一位少女站在木板前，眼睛貼著板壁，目光透過板縫一直延伸到我們已熟悉的那個荒蕪的菜園裡。

幾乎在同時，菜園的那道小門悄無聲響地打開了，一個高大健壯的年輕人，向四周迅速掃了一眼，便通過這道門，然而把門合上，又急匆匆地走向那道鐵門。他身穿一件粗布工裝，頭戴一頂絨布鴨舌帽，但他那臉上的頰鬚、短髭和一頭梳理得光潔的黑髮卻與這身平民裝扮有點不協調。

年輕男子用情人才有的目光，穿過門的縫隙，把嘴貼在一條縫隙上。

「瓦朗蒂娜，」他說道，「是我。」

「啊！先生，」她說道，「今天您為什麼來得這麼晚？我的繼母老是在窺視我，我的貼身侍女一直在跟蹤我，而我那弟弟又不停地在折磨我，我剛才費盡口舌，急匆匆地擺脫他們，才能到這裡來做我的針線活。現在，您先講講您遲到的原因，隨後告訴我您為什麼要穿這套新衣服，我差點為此而不敢認您哩。」

「瓦朗蒂娜，如果有人發現一個北非騎兵軍團的上尉，老在這塊荒地裡遛達，會因此驚愕不已，於是我把自己打扮成一個菜農的模樣，穿上了這身衣服。」

「馬克西米利安，這就使我的生活既甜蜜又不幸了，以致我常常捫心自問：我繼母過去對我的無情、對她自己的孩子盲目的愛，給我造成的悲傷與我看見您時常受到的充滿危險的幸福，兩者之間究竟哪一種感情對我更好一些呢？」

「充滿危險！」馬克西米利安大聲說道，「您怎麼能說出這樣無情而不公正的話來呢？您曾看見過一個比我更順從的奴隸嗎？您允許我有時可以對您說話的，瓦朗蒂娜，可您卻禁止我跟隨在您的左右：我都服從了。」

「您說得不錯，」瓦朗蒂娜邊說邊把一個纖細的手指從兩塊木板縫中伸過去，馬克西米利安把嘴唇貼了上去，「您說得不錯，您是一個可以信賴的朋友。您知道，我沒有朋友，父親不關心我，繼母虐待我，我唯一的慰藉只是一個不會動、不會說、冷冰冰的老人，他的手不能握住我的手，只有眼睛才會與我對話。所以您答應像哥哥一樣對待我。唉，我的朋友，我覺得我們捲進了人們稱之為錢財問題的漩渦之中，實在是莫名其妙。我想我繼母的仇恨，至少是從這件事上引起的。她本人沒有什麼財產，而我，我從我母親那邊得到了一筆遺產，而這些財富加上德．聖梅朗先生和夫人的那筆財產，還得翻上不止一倍，因為他們的財產有一天也是歸我所有的。嗨！我想，她是嫉妒啦。哦！我的天主！倘若我把這筆財富的一半分給她，就能在德．維爾福府上像一個女兒生活在自己父親家中一樣的話，我願意馬上就這樣去做。」

「可憐的瓦朗蒂娜！」

「噓！」瓦朗蒂娜突然說道，「快躲起來，走吧，有人來了！」

馬克西米利安跑去拿鏟子，開始起勁地翻起泥土來了。

「小姐！小姐！」樹叢後面有人大聲喊叫道，「德．維爾福夫人到處在找您，她要您去；客廳裡有客人來訪。」

「有客人！」瓦朗蒂娜激動地說，「誰會來看我們呢？」

「據說是一位顯赫的爵爺，一位親王，是基督山伯爵先生。」

來訪者果真是基督山伯爵，他剛剛走進德．維爾福夫人的府邸，目的是對檢察官先生進行回訪，自不待言，全家人聽到這個名字都十分激動。

「對了，你的姐姐瓦朗蒂娜在幹什麼？」德．維爾福夫人對愛德華說道，「派人去叫她，讓我可以榮幸地把她介紹給伯爵先生。」

「您還有一個女兒，夫人？」伯爵問道，「她大概還是個孩子吧？」

「她是德．維爾福先生的女兒，」少婦答道，「他第一次婚姻生下的女兒，是個漂亮的大姑娘。」

瓦朗蒂娜走進來，看見母親身旁的那個她常聽人說起的陌生人，便欠身致意，既沒有少女常有的矯情，也沒有垂下眼簾，她那質樸大方的舉止更引起了伯爵的關注。

伯爵站了起來，與瓦朗蒂娜溫情而有分寸地敘談起來。

這時，鐘敲六點正。

「六點鐘了，」德．維爾福夫人說道，她顯得十分急躁，「瓦朗蒂娜，您不去看看您的祖父是否準備用餐嗎？」

瓦朗蒂娜起身，向伯爵欠身致意，默默地走出房間。

「哦！我的天主，夫人，這是因為我您才打發德．維爾福小姐走的嗎？」當瓦朗蒂娜出去後，伯爵說道。

「完全不是的，」少婦急忙說道，「到時間了，我們該讓人伺候諾瓦蒂埃先生吃晚飯了，他吃那點東西僅夠勉強維持他那苟延殘喘的生命罷了。」

事實上，維爾福夫人真的是想把瓦朗蒂娜打發走，以便詳細與伯爵探討毒藥學上的知識，因為她聽說伯爵是一位無所不曉的神秘人物。伯爵故意向維爾福夫人透露了一種毒藥的配方，後者表面鎮靜，內心欣喜不已。

「啊！我曾經親眼看見過這種藥的效力，所以我很喜愛這藥方；但這可能是一個秘方，我向您索取不是太冒失了麼？」維爾福夫人羞羞答答地問道。

「可是我，夫人，」基督山起身說道，「我很樂意助人，願意把它奉獻給您。」

「啊！先生。」

「不過，請您時時記住一件事，就是用小劑量時，它是一帖良藥，用大劑量時，就是一種毒藥了。就如您所看見的，一滴藥水能救活一個人，五、六滴就使服用者必死無疑，尤為可怕的是，把這種藥水摻在一杯葡萄酒裡，酒絕不會變味。嗨，就此打住吧，夫人，我幾乎有好為人師之嫌啦。」

六點半鐘剛剛敲過，僕人通報德·維爾福夫人的一位女友到，她是來與女主人共進晚餐的。

基督山躬身致敬，走出房門。

德・維爾福夫人仍在出神地想著。

「好啊！」基督山邊走邊說道，「這是一塊沃土，我相信把種子撒在上面是不會結不出果子來的。」

次日，他信守諾言，把所要的藥方送去了。

---

①巴黎市郊的一個區，是布瓦洛、莫里哀、拉封丹等作家喜愛居住的地方。

②法國女修道院裡有遞物轉櫃一說，這裡用的是同一個字，估計也是從外面向裡面運送東西的一種工具。

第十二章◎卡瓦爾坎蒂父子

七點鐘剛過，一輛出租馬車停在伯爵府邸大門口。走下車來的是個五十來歲的男子，此人的腦袋小而有棱角，頭髮開始花白，蓄著灰色濃密的唇髭。僕人把來客引進一間最樸素的客廳，伯爵正在那兒等他。

「啊！親愛的先生，」伯爵滿面春風地迎上前來，「歡迎之至。我正在等您呢。」

「真的嗎，」來人說，「大人是在等我嗎？」

「是的，我早就得知您在今天七點鐘到。」

「知道我來？這麼說有人預先通報過您了？」

「完全正確。」

「不過，大人等的真是我嗎？」

「那還有錯？您不就是巴爾托洛梅奧·卡瓦爾坎蒂侯爵先生嗎？」

「巴爾托洛梅奧·卡瓦爾坎蒂，」來人面露喜色，重複了一遍，「正是在下。」

「前奧地利駐軍少校？」

「我是少校嗎？」老軍人怯生生地問。

「沒錯，是少校，您在義大利的軍階，相當於法國的少校。」

「可不是嗎，」來人說，「您知道……」

「我知道，您不是自己要來這兒，而是有人介紹您來的。」

「正是，正是。」

「是那位德高望重的布索尼神甫吧？」

「是的！」少校高興地大聲說道。

「您帶著他的信？」

「是的。就在這兒。」

基督山接過信，打開以後，念了起來：

「『卡瓦爾坎蒂少校是一位可尊敬的盧卡貴族，佛羅倫薩的卡瓦爾坎蒂家族的後裔，每年有五十萬收入。』」基督山從信紙上抬起眼睛，欠了欠身子。

「有五十萬？行，那就五十萬吧，」少校說。

基督山繼續念道：

「『他只有一件憾事，否則就幸福美滿了。』」

「哦，我的天主，是的，只有一件事，」盧卡人嘆口氣說。

「『就是找回他的愛子。』」

「我的愛子！」

「『他幼年時或是被他高貴家族的世仇，或是被波希米亞人拐走了。』」

「五歲那年喲，」盧卡人又嘆口氣說。

伯爵繼續念道：

「『我給了他希望，伯爵先生，我對他說，十五年來他四處尋找而沒找到的那個兒子，您能夠幫他找到。』」

盧卡人帶著難以形容的焦慮神情望著伯爵。

「我能夠的，」基督山回答說，「瞧，還有個附言呢。『為了省卻卡瓦爾坎蒂先生到他的開戶銀行去支取現金的麻煩，我給了他一張兩千法郎的現金期票，供他作為旅資，並讓他向您支取您欠我的四萬八千法郎的那筆錢款。』」

少校焦急不安地望著伯爵。

「行！」伯爵簡單地說了一句，「瞧，這位好心的神甫考慮得真周到。為了避免有人對您結婚的有效性和您孩子的合法性提出疑問，他把有關的證明文件都給您準備好了。」

「他已經把證明文件交給您了？」

「是的，都在我這兒了，」基督山說，「現在，親愛的先生，我能理解您此刻激動的心情，因為您的兒子就在這兒，你們馬上就能見面了。我不想介於你們父子之間，請允許我就此告退。」

說著，基督山向興奮得有點飄飄然的盧卡人親切地欠了欠身，消失在門簾後面。

伯爵走進隔壁的小客廳；裡面有個年輕人很隨便地躺在長沙發上，漫不經心地用一根鑲著金色球飾的手杖，輕輕地敲著自己的皮靴。

看見伯爵，他倏地站起身來。

「閣下就是基督山伯爵？」

「是的，先生，」伯爵回答說，「我想，我是有幸在和安德烈亞·卡瓦爾坎蒂子爵先生說話吧？」

「安德烈亞·卡瓦爾坎蒂子爵，」年輕人重複說，同時極其瀟灑地躬身施禮。

「想必您是收到了一封信，讓您來我這兒的吧？」基督山說。

「我沒跟您提起這事兒，是因為我覺得那上面的署名挺怪的。」

「水手辛巴德，是不是？」

「就是。可我除了《一千零一夜》裡的那個水手辛巴德外，從來不知道有什麼別的辛巴德……」

「哦！他是那位辛巴德的後代，也是我的一位朋友。他非常有錢，是個怪誕得有點瘋瘋癲癲的英國人，真名是威爾莫勛爵。」

「噢！這下子我全明白了，」安德烈亞說，「真是太好了。這位英國人就是我在：

…哦，對……伯爵先生，我聽候您的吩咐。」

基督山注視著年輕人神色自若的臉，這是一張堪與邪惡天使比美的小白臉。

「您聽從我朋友辛巴德的勸告，」他對年輕人說，「對他的囑咐完全照辦，這做得很對，因為您的父親確實就在這兒，他正在找您。」

小安德烈亞一聽這話，不由得嚇了一跳，脫口喊道：

「我的父親！我的父親在這兒？」

「一點不錯，」基督山回答說，「令尊大人巴爾托洛梅奧·卡瓦爾坎蒂少校。」

驚恐的表情陡地從年輕人的眉宇間消失了。

「噢！可不是麼，」他說，「巴爾托洛梅奧·卡瓦爾坎蒂少校。那麼，伯爵先生，您是說我那親愛的父親，他就在這兒？」

「是這樣，先生，我剛才還和他在一起，他告訴我的那個許多年前父子失散、骨肉分離的故事，讓我聽得感動極了。說真的，我一分鐘也不想再耽擱你們的相見了。請快到客廳去吧，我親愛的朋友，您會見到您父親正在那兒等您。」

伯爵目送他往外走去，等到見他消失在門後，就摁了一下裝在一幅油畫後面的按鈕。只見畫框稍稍移動，露出一道設計得很巧妙的縫隙，剛好能讓人看清隔壁客廳裡的情景。

「哦！親愛的爸爸，」安德烈亞一邊把門帶上，一邊大聲地說，好讓伯爵隔著關緊的房門也能聽見，「真的是您嗎？」

「您好，我親愛的孩子，」少校莊重地說。

「咱倆分離了這麼些年，」安德烈亞邊說邊往房門瞟了一眼，「現在又重逢了。咱們不擁抱一下嗎？」

「您願意就行，我的孩子，」少校說。兩人就像在法蘭西喜劇院的舞臺上那樣擁抱在一起，也就是說，各自把腦袋擱在對方的肩膀上。

「親愛的卡瓦爾坎蒂先生，」安德烈亞突然改用純正的托斯卡納話說道，「我說，人家給了您多少錢，讓您當我父親來著？」

「您這是什麼意思？」少校挺直身子，竭力想保持尊嚴。

「噓！」安德烈亞壓低嗓門說，「我來給您做個榜樣，好讓您放心；人家給我每年五萬法郎，讓我來當您的兒子：所以您該明白，我是不會否認您是我父親的。」

少校神色不安地朝四下望望。

「嘿！放心吧，沒別人，」安德烈亞說，「再說，咱們說的是義大利話。」

「嗯，我麼，」盧卡人開口說，「他們給我五萬法郎，一次付清。」

「你沒收到過一封信嗎？」

「收到過。是一個叫什麼布索尼的神甫寫的。他讓我今兒晚上來見基督山伯爵，領回五歲那年被人拐走的兒子。信裡還附了一張給伯爵的紙條，同意我向他支取一筆五萬法郎的款項。」

「這就對了。我也收到過一封類似的信，」說著，安德烈亞從衣袋裡掏出那封信來，「喏，拿去看吧。」

盧卡人輕輕地念道：

> 您很窮，而且前途一片黯淡：您想有身分，有自由，有財產嗎？
>
> 請即刻上尼斯去，在熱那亞門您會發現有輛備好鞍轡的驛站快車在等著您。您務必要在五月二十六日晚上七點到達香榭麗舍大街基督山伯爵的府邸。在那兒您

將跟您失散多年的父親巴爾托洛梅奧．卡瓦爾坎蒂侯爵重新相見。在那以後，您就可以憑這個姓氏進入社交界，並有五萬法郎的年金。

隨信附上五千法郎票據一張，可向尼斯費雷亞先生的銀行兌取，另有一封給基督山伯爵的介紹信，我在信中已請他對您多加關照。

水手辛巴德

「嗯，太好啦！」少校說，「你會看到我是個好搭檔的。」

基督山挑在這個當口走進客廳。聽見他的腳步聲，兩人都往對方身上撲去；伯爵進門時瞧見兩人抱在一起。

第十四章◎遺囑

德．維爾福先生走進他父親的居室，德．維爾福夫人緊隨其後。兩人向老人問好後，示意那位在諾瓦蒂埃先生身邊伺候了二十五年之久的老僕巴魯瓦退下，然後在老人兩旁坐了下來。

諾瓦蒂埃先生坐在他的大輪椅裡，他得讓人每天早晨把他抱上這把輪椅，晚上再把他抱下來。此刻他面對著一面能映出整個房間的大鏡子；他不必動一下身子——其實他也沒法動彈，就能從這面鏡子裡看清進出房間的每一個人和周圍發生的每一件事。

「先生，」維爾福先生開口說，「瓦朗蒂娜沒和我們一起上樓，而且我差開了巴魯瓦，請您不要對此感到驚訝，因為我們的談話是無法當著一位姑娘或一個僕人的面進行的。德·維爾福夫人和我想要告訴您一個消息：我們就要給瓦朗蒂娜操辦婚事了。」

聽到這個消息，老人那張木然的臉上毫無表情。

德·維爾福夫人這會兒開口了，她急促地說，「我們原以為您聽了會很高興的。這對瓦朗蒂娜真是一門再體面不過的婚事吶；我們給她找的這位年輕人既有家產又有地位，人品才情也都能保證她將來過得很幸福，他的名字想必您也是聽說過。他就是德·埃皮奈男爵，也就是弗朗茲·德·凱內爾先生。」

諾瓦蒂埃眼睛中的閃光變得很怕人。

「這樁婚事，」德·維爾福夫人接著往下說，「德·埃皮奈先生和他家裡都覺得挺滿意；再說，他的親人也只有一個叔叔和一個嬸嬸了。他母親在他落地的那會兒就死了，他父親是一八一五年那時候給人暗殺的，當時這孩子才兩歲，所以，現在他完全可以自己拿主意。」

老人的腦海裡好像正在轉著某個可怕的念頭；痛苦和憤怒的喊叫已經升到了他的喉嚨口，可就是發不出來，憋得他透不過氣來。維爾福夫婦見他這樣，就站起身來準備離開。

「先生，請允許我們就此告退了，」德．維爾福夫人說，「您要不要我讓愛德華來陪您一會兒？」

老人一個勁地眨眼睛，這是拒絕的表示。維爾福夫人抿緊嘴唇，勉強說道：

「那麼我讓瓦朗蒂娜到您這兒來？」

老人急切地閉上眼睛，表示同意。維爾福夫婦退出去以後，吩咐僕人去把瓦朗蒂娜叫來。

瓦朗蒂娜進屋的第一眼，就看出了祖父正在受著痛苦的折磨，有話要對她說。她連忙奔到輪椅跟前，蹲下來望著老人的臉。

諾瓦蒂埃抬眼望天。這是他和瓦朗蒂娜的信號，表示他需要一樣東西。

「您想要什麼呢？親愛的爺爺，」瓦朗蒂娜一邊思忖，一邊把想到的念頭大聲說出來，可她不管說什麼，瞧見老人的回答總是「不！」

「得，用咱們那張王牌吧，」說完她就依次往下背字母表裡的字母，邊背邊用目光向老人探詢；背到N，老人表示對了。

「呵！」瓦朗蒂娜說，「你要的這樣東西，是字母N開頭的；那咱們是得跟N打交道嘍？好，咱們來瞧瞧，Na，Ne，Ni，No……」

「對，對，對，」老人的目光說。

「呵！是No打頭的。」瓦朗蒂娜走過去拿來一本詞典，放在諾瓦蒂埃面前的一張斜面書桌上；她翻開詞典，看到老人的目光專注地盯在書頁上，便用手指順著每一欄很快地從上往下移動。

手指移到Notaire①時，老人做了個停下的表示。

「公證人，」瓦朗蒂娜說，「你是要個公證人，爺爺？」

「對，」癱瘓的老人用目光說。

「要讓爸爸知道嗎？」

「對。」

瓦朗蒂娜奔過去拉鈴，隨後吩咐進來的僕人去請維爾福先生或夫人來，同時讓巴魯瓦去請公證人。

過了三刻鐘，巴魯瓦領著公證人回來了。這時，維爾福先生早已陰沈著臉等在房間裡。見到公證人進來，維爾福跟他互相問好過後說道：

「先生，您是這位諾瓦蒂埃．德．維爾福先生請來的。但是，全身癱瘓已使他喪失了活動肢體和發出聲音的能力，現在只有我們這幾個人，而且也是要費很大的勁，才能勉強懂得他的一些不完整的意思。」

看見公證人露出猶豫的神色，檢察官的唇邊掠過一道不易察覺的笑容。而諾瓦蒂埃則以一種極其痛苦的表情注視著瓦朗蒂娜，於是姑娘走上來站在公證人跟前。

「先生，我祖父的智力完全是健全的，他因為無法說話和寫字，就用閉一下眼睛表示想說是的，而用連眨幾下眼睛表示想說不是。現在您已經可以和諾瓦蒂埃先生交談了，請試試吧。」

老人的眼眶濕潤了，他向瓦朗蒂娜投去一道充滿溫情的感激的目光，這一點就連公證人也看懂了。

「您已經聽見，而且懂得您孫女說的話了嗎，先生？」公證人問。

諾瓦蒂埃慢慢地閉上眼睛，過了一小會兒才睜開來。

「您是否願意看到我現在就離開這兒？」

癱瘓的老人很快地一連眨了幾下眼睛。

「那麼您是想要我為您辦一份公證？」

老人做了個肯定的表示。

「那我們就試試看吧，」公證人說，「您同意由小姐來解釋您的意思嗎？」

「對。」

「好，那麼，先生您要我做什麼，您想要公證什麼文件呢？」

瓦朗蒂娜把字母表從頭開始往下背，一直背到了字母T那兒。

這時，老人富有表情的目光示意她停下。

「先生要的是字母T，」公證人說，「這是很明白的。」

「請等一下，」瓦朗蒂娜說著，又轉過臉去朝著祖父，「Ta，Te……」

老人在第二個音節上止住了她。於是瓦朗蒂娜搬來詞典，在公證人聚精會神的目光注視下一頁頁翻動詞典。「Testament②，」她的手指在諾瓦蒂埃目光的示意下停在這個詞上。

「遺囑！」公證人叫出聲來，「事情很明白，先生是要立遺囑。」他對這場試驗已經很感興趣，心想改日一定要把這段生動的插曲，詳詳細細地講給社交場上的朋友們聽聽。於是他吩咐再去請一位公證人來，並且請檢察官派人去通知他夫人也上樓來，因為立秘密遺囑必須有七個證人在場，而且他需要一位同行協助他進行筆錄。

過了一刻鐘，人都到齊了。於是，那第一位公證人發問說：

「您對自己財產的總數有沒有一個概念呢？」

老人做了個肯定的表示。

「下面我順序往上報一些數目，當我報到您認為自己擁有的財產數的時候，請示意我停住，」公證人說。然後他就從三十萬開始往上報，直到九十萬才停住。

「這麼說，您擁有九十萬法郎的財產。您打算把這筆財產留給誰呢？是留給瓦朗蒂娜・德・維爾福小姐嗎？」

老人用充滿深情的目光朝孫女望了片刻，然後轉眼向著公證人，以完全不容置疑的動作眨了幾下眼睛。瓦朗蒂娜一下子驚呆了；她並不看重遺產的繼承權，但老人的這一決定，還是使她感到意外和吃驚。但是，從祖父望著她的溫柔的目光中，她感受到了無限深沈的愛；她情不自禁地喊道：

「哦！爺爺，我明白了，您只是不把您的財產給我，可是您的心永遠是我的，是這樣嗎？」

「對！當然是這樣，」老人的眼睛在說。

「我知道了，您是不願意我嫁給德．埃皮奈先生，您是為這樁婚事責怪我們，是這樣嗎？」

「對，」老人的目光在說。

「瞧這一切有多荒唐，」維爾福說。

「恕我不敢苟同，先生，」公證人說，「我看正相反，這一切都很合乎邏輯。」然後，他轉向老人大聲說，「那麼您不把財產遺贈給您的孫女，是因為她的婚姻不合您的心意？」

「對。」

「這就是說，倘使沒有這樁婚事，她就會是您的財產繼承人？」

「對。」

當天就辦完了立遺囑的全部手續；公證人請來了證人，經老人認可後，當著眾人的面把遺囑封妥，交給家庭法律顧問德尚律師先生保管。

幾天以後，基督山伯爵在新買下的奧特伊別墅裡宴請賓客。來客們踏進餐廳時，心裡都在轉著同樣的念頭；他們在暗暗思忖，究竟是一種什麼神奇的力量把他們都帶到這座別墅來了；不過，儘管他們感到有些驚奇，有幾位甚至感到頗為不安，卻沒人願意就此退出的。他們與伯爵交往不久，他的怪僻、離群的生活方式，還有他那沒人能知曉確切數目的令人不可思議的財產，使男士們感到自己有審慎行事的責任，女士們則感到進入這座見不到一個女人來接待她們的屋子似應有所顧忌。然而，這會兒男士丟開了審慎，女士也顧不得禮儀了；好奇心完全占了上風，它的刺激是他們所無法抗拒的。

但唐格拉爾夫人和德·維爾福先生的神情舉止，一點也沒能逃過伯爵的眼睛。他注意到了唐格拉爾夫人在維爾福走到她跟前伸臂給她時，不由得身子顫動了一下，而維爾福在男爵夫人把手擱在他臂上的剎那間，目光也在金絲邊眼鏡後面慌亂地抖動著。

極盡奢靡之能事的盛筵過後，基督山伯爵陪賓客參觀別墅的房間。大家穿過一個又一個裝飾一新、富麗堂皇的房間，最後來到了一個保留著陳舊的面貌的房間。天色已晚，但房間裡還沒點上蠟燭，這就使得這個掛著紅窗幔、放著一張大床的舊房間顯得有些陰森森的。

「各位，不知你們有沒有注意到，」基督山說，「這兒還有個暗梯呢。」

說著，他打開一扇遮蔽在帷幔後面的小門。

「請各位想像一下，」他說，「有那麼個奧賽羅③或是德．岡日神甫④，在一個風雨交加的夜晚，抱著一具可怕的屍體，一步一步地走下這座梯子，他急於要把屍體埋掉，因為，即使瞞不過天主的眼睛，他至少還想瞞過世人的眼睛！」

唐格拉爾夫人一陣暈眩，倒在了維爾福的臂彎裡，而維爾福也得把背靠在牆上，才能勉強支撐住自己。

有人去找唐格拉爾先生；他因為對於想入非非的事情不感興趣，所以早就下樓到花園裡，去跟老卡瓦爾坎蒂先生談論修建一條鐵路的計畫了。

基督山好像很失望似的；他挽住唐格拉爾夫人的胳膊，陪她走到花園裡。

「說真的，夫人，」他說，「我沒有把您嚇壞吧？不過，信不信由您，可我確信在那個房間裡是真的發生過一樁謀殺案的。」

這時，其他人都到花園裡來了。維爾福夫人接口說：「您可得當心，咱們有位檢察官在這兒哪。」

「好呀，」基督山回答說，「既然是這樣，我就要趁這機會作一番陳述了。請上這兒來，先生們；來啊，維爾福先生，只有向有關司法官員所作的陳述才能生效吶。」

基督山拉起維爾福的手臂，同時扔挽著唐格拉爾夫人，就這麼拖著檢察官一直來到了蔭影最濃的那棵梧桐樹下面。

其餘的賓客也跟了過來。

「瞧，」基督山說，「這兒，就在這個位置（說著他用腳踩了踩地面），我吩咐手下人挖坑培些鬆軟的沃土，好讓這老樹重新有個生機；他們挖著挖著，碰到一口箱子，確切地說是碰到了一口箱子的鐵皮，打開箱子一看，裡面是一副新生嬰兒的骨架。我想這總不是幻影吧？」

基督山感覺得到唐格拉爾夫人的手臂變得僵硬起來，而維爾福的手腕則在發抖。

「檢察官先生，把一個嬰兒活埋在花園裡，這是不是謀殺案呢？」他大聲問道。

「有誰說過是活埋的呢？」

「如果是死嬰，為什麼要埋在這兒？這花園從沒做過墓地哪。我想，殺害嬰兒同樣是要判死刑的，是這樣嗎，檢察官先生？」

「是這樣的，伯爵先生，」維爾福回答說，這嗓音簡直已經不像人的聲音了。

基督山看到自己安排的這幕場景，已經使那兩人再也承受不住，也就不想窮追到底了。

「還有咖啡呢，先生們，」他說，「我看我們是把咖啡給忘記了。」

①法文：公證人。

②法文：遺囑。

③莎士比亞名劇《奧賽羅》中的主人公，因聽信讒言而殺死貞潔美麗的妻子苔絲德蒙娜。

④法國歷史上以美豔著稱的德．岡日侯爵夫人（一六三七－一六六七）的小叔，謀害侯爵夫人的主謀。

第十五章◎約阿尼納專訊

在電報還沒有發明的那個年代，內務部的緊急公文是靠急報站輾轉傳送的。從巴黎出城門，沿著去奧爾良的大路，可以直抵位於蒙萊里平原一座小山岡上的一個急報站。

一個陽光明媚的早晨，基督山伯爵驅車來到這個急報站。他在山腳下了車，沿著盤旋曲折的小徑拾級而上；到了山岡頂上，只見前面攔著一道樹籬，探出樹籬外的一叢叢姹紅粉白的花兒中間，已經結出了青青的果子。

急報員是個五十來歲的男子，他正在摘草莓。基督山上前去跟他攀談起來。談著談著，伯爵心裡有底了。每個人都有一樁撩撥得他心癢癢的癖好；這個急報員的癖好就是種花蒔草，他的夢想就是退休以後能有個像樣的花園。

「聽著，」基督山對他說，「這兒有兩萬五千法郎，是給您的。」

「給我的！」公務員喊道，差點兒連氣也透不過來了。

「是的。有五千法郎，您就可以買一幢漂亮的小別墅、一座大花園；剩下的兩萬法郎，每年能讓您拿到一千法郎的利息。」說著，基督山把錢塞在急報員手裡。

「可您要讓我幹什麼呢？」

「小事一樁。現在前面的那個急報站已經在發報了。待會兒輪到您發報時，請把這些訊號發出去。」

基督山從口袋裡掏出一張紙，上面有三組訊號，還用數字標明了發送的順序。

那人激動得滿臉通紅，黃豆般的汗珠順著臉頰往下淌，但他還是把伯爵的這三組訊號逐一發了出去，直把前面急報站的那個同事遠遠地看得發了傻，心想這位老兄準是瘋了。而後面那個急報站的同事，卻認真地重複著這些訊號，於是這些訊號一路向著內務部傳送了過去。

五分鐘後，急報專訊呈送到了內務部，大臣秘書德布雷先生吩咐套馬備車，直奔唐格拉爾府邸而來。一刻鐘過後，唐格拉爾先生匆匆趕到自己的證券經紀人那兒，吩咐他不惜任何代價把公債券悉數拋出。

一見唐格拉爾先生拋出，市面上的西班牙公債立即行情猛跌。唐格拉爾在這中間損失了五十萬法郎，但他畢竟把全部公債券都脫手了。

當晚《信使報》上刊載了一條消息：

> 急報快訊：日前被監禁在布爾日的唐・卡洛斯國王，現已逃越加泰羅尼亞邊境返回西班尼。巴塞羅那民眾揭竿響應。

整個晚上，大家都在議論唐格拉爾這位投機老手拋出全部債券的先見之明——他在這次風潮中只損失了五十萬。

第二天早晨，《箴言報》上刊登了另一條消息：

> 昨日某報載卡洛斯逃離布爾日云云，純屬無稽之談。此種謬傳，係霧天急報傳

送失誤所致。

頓時公債行情暴漲，漲幅超過跌幅一倍。一進一出，唐格拉爾損失了一百萬，成了這則消息的犧牲品。

幾天後，神情沮喪的銀行家前去拜訪基督山伯爵。這次拜訪，使他情緒大為振奮。因為，儘管伯爵講得很謹慎，但唐格拉爾還是了解到了安德烈亞．卡瓦爾坎蒂先生的身世，探明了這座金礦的豐富含量。當他離開伯爵府邸的時候，他已經暗暗地制訂了一個婚姻計畫，打算好歹也要讓這位豪富的子爵當上自己的乘龍快婿。另外，基督山似乎是在無意間提到了一件使他感興趣的事，就是費爾南．蒙代戈跟希臘的阿里──臺佩萊納帕夏之死有些瓜葛。當年的區區一個漁夫，現在居然成了什麼德．莫爾塞夫伯爵，還趾高氣揚地要跟他攀親家，讓阿爾貝娶歐仁妮當媳婦。「哼！沒門兒！」唐格拉爾暗想道，「我這就要寫信給希臘的同行，打聽一下那個名叫費爾南的法國人當年究竟扮演了怎麼個角色。」

兩星期後，一份報紙上登出一則「約阿尼納專訊」：

本報得悉一段至今未見披露的史實：當年阿里——臺佩萊納總督的城堡，實乃由其極為信任的一名法國軍官出賣給土耳其人，此軍官名叫費爾南。

又過了三個星期，另一份報紙刊載了下面這樣一則消息：

上次另一份報上曾經報導過的約阿尼納阿里帕夏麾下的那個法國軍官，他不僅出賣了約阿尼納的城堡，而且把他的恩主也出賣給了土耳其人。此人當時確實名叫費爾南，正如我們可敬的同行所說的那樣；但在那以後，他給自己的教名加上了一個貴族的頭銜和一個姓氏。

他現在叫德．莫爾塞夫伯爵先生，在貴族院占有一個席位。

就在這則消息見報的當天，貴族院裡掀起了一場軒然大波。鑑於問題的嚴重性，貴族院推舉十二名成員組成聽證委員會，負責進行聽證審查事宜。第一次聽證會定於當晚八點在會議廳舉行。

八點整，德．莫爾塞夫伯爵走進會場。他手上拿著一些文件，神態看上去很平靜；他的步態衣著講究而嚴肅，而且按照老軍人的習慣，上衣鈕扣從下一直扣到頸脖上。

他的出場造成了很好的效果：委員會的人並不都對他抱有敵意，其中有幾個成員走到他跟前來和他握手。他在這個聽證會上為自己進行了辯護；他的發言非常雄辯，極有演說技巧。他展示的文件，證明約阿尼納總督直到最後關頭還是對他極其信任的，因為總督委派他去面見土耳其皇帝，進行一場生死攸關的談判。他出示的一枚戒指，就是傳遞總督旨意的信物。遺憾的是，他說，談判失敗了，當他趕回去保衛他的恩主時，帕夏已經戰死了。不過，伯爵說，阿里帕夏直到臨死前還是對他寵信有加，把自己的寵姬和女兒都託付給了他。

但正在這時，執達員引著一位披著長面紗的神秘女人走了進來。這是得到議長同意的。

議長請陌生女子撩開面紗，這時大家才看清這位姑娘穿著希臘服裝，而且是位絕色佳人。

「夫人，」議長說，「您要求向委員會提供有關約阿尼納事件的情況，並聲稱您是目睹當時情景的見證人。」

「確實如此，」年輕姑娘回答說，她的聲音裡充滿著一種動人的憂鬱情調，而且具有東方語言的那種特殊音色。

「可是，」議長接著說，「請允許我說，您當時還很年幼呢。」

「當時我是四歲；但因為這些事情對我關係重大，我的腦子裡至今沒有忘掉任何一個場景，我的記憶中也沒有漏掉任何一個細節。」

「那麼，您跟這些事情究竟有什麼關係，您究竟是什麼人，以至於這個事件會給您留下這麼深刻的印象呢？」

「因為這關係到我父親的生與死，」年輕姑娘回答說，「我叫海黛，是約阿尼納阿里——臺佩萊納帕夏和他的心愛的妻子瓦西麗姬的女兒。」

交織著謙遜和驕傲的紅暈，布滿了年輕姑娘的雙頰，她那炯炯有神的目光和充滿尊嚴的身世自白，在與會的議員們身上產生了一種無法形容的影響。

至於費爾南，即使當場有個霹靂打下來，在他腳下裂開一道萬丈深淵，他也不見得會更驚惶了。

「夫人，」議長向她欠了欠身子，接著說道，「請問對您所說的話的真實性，您能否提供證據？」

「能，先生，」海黛說著，從面紗下面取出一只緞料的香囊來，「因為這裡就有我的出生證書，是由我父親親筆書寫並由他的大臣們簽署的；更重要的是，這裡有那個法國軍官把我和母親賣給亞美尼亞奴隸販子的買身文契，那個法國軍官在跟土耳其宮廷的骯髒交易中，把他恩主的女兒和妻子作為戰利品收留了下來，轉手賣了一千蒲爾斯①，也就是差不多四十萬法郎的價錢。」

全場的人在一片陰森森的肅靜中諦聽著這驚心動魄的指控，費爾南的臉色由白變青，眼睛裡充滿血絲。

「德．莫爾塞夫先生，」議長說，「您認識這位夫人，承認她是約阿尼納帕夏的女兒嗎？」

「不，」莫爾塞夫掙扎著站起來說，「這是我仇敵策畫的陰謀。」

海黛猛地轉過臉來，貼面看見莫爾塞夫站著，不由得發出一聲尖叫。「你不認識我，」她說，「可我，我還認識你！你就是統領我高貴父親的軍隊的法國軍官費爾南·蒙代戈。就是你，出賣了約阿尼納的城堡！就是你，從土耳其皇帝那兒帶回了那道假敕令，騙取了父親的信任，讓他慘死於亂刀之下！就是你，把母親和我賣給了奴隸販子！凶手！凶手！凶手！你的額頭上還沾著你主子的血呢！你們看呀！」

所有的目光都轉過去投向莫爾塞夫的前額，他自己也不由得伸手抹了抹前額，彷彿那上面真的還熱乎乎的沾有阿里的血似的。他環顧了一圈周圍的同僚，這種目光中絕望的表情，即便老虎見了也會動容，但它卻沒能使眼前的審判官們為之所動。

他猛地一下子扯開那件憋得他透不過氣來的上衣的鈕扣，像個瘋子似的衝出會議廳去。

①土耳其貨幣記帳單位，一蒲爾斯合五百比斯托爾。

第十六章◎自殺

阿爾貝從他的朋友博尚那兒得知，所謂的約阿尼納專訊是唐格拉爾先生擱給報社的。於是，他怒不可遏地拉了博尚一起去找這位銀行家算帳。

馬車駛到銀行家府邸跟前時，只見安德烈亞·卡瓦爾坎蒂先生的四輪敞篷馬車和僕人在門口。

「啊！這可真是趕巧了！」阿爾貝神色陰鬱地說，「要是唐格拉爾先生不肯跟我交手，我就殺了他的女婿。卡瓦爾坎蒂家族的人，大概是不會拒絕決鬥的吧。」

僕人去向銀行家通報年輕人來訪，唐格拉爾已經知道昨晚貴族院發生的事情，所以一聽阿爾貝的名字，連忙吩咐擋駕，但是已經晚了，阿爾貝本來跟在那個僕人後面，聽到唐格拉爾這樣吩咐，就帶著博尚推開門，逕直闖到銀行家的書房裡。

「嗨，先生！」銀行家喊道，「難道我在自己家裡，連願不願意見客的權力都沒有了嗎？您到底想要幹什麼？」

「我想要，」阿爾貝一路走近過去說，只當沒看見背靠壁爐架站著的卡瓦爾坎蒂，「我想要跟您找個僻靜的地方訂個約會，只要有十分鐘工夫沒人來打擾就行。」

唐格拉爾臉色變得煞白，卡瓦爾坎蒂往前挪了一步。阿爾貝轉身朝那個年輕人走過去。

「您要想去也行，子爵先生，您有資格這麼做，因為您差不多也是這個家庭的一個成員了；這種約會，只要有人願意接受，我是來者不拒的。」

卡瓦爾坎蒂目瞪口呆地望著唐格拉爾；唐格拉爾氣急敗壞地對阿爾貝說：

「喂！您的父親丟人現眼，在大庭廣眾出醜，這難道是我的過錯嗎？」

「是的！」阿爾貝聲音喑啞地說，「因為這一切都是你唆使的。我問你，是誰寫信到約阿尼納去查問我父親的情況的？」

「我想，每個人都有權寫信到約阿尼納去吧。」

「可是您寫這封信的時候，先生，」阿爾貝說，「是完全知道會得到什麼回答的吧。」

「我？噢！我向您保證，」唐格拉爾已經感到不怎麼害怕了，「我本來是沒想到要寫信到約阿尼納去的。我打哪兒知道阿里帕夏遇難這件事呀？」

「這麼說，是有人慫恿您寫的？」

「可不是。」

「是誰？說呀。」

「嗨！您的朋友基督山伯爵唄。」

阿爾貝覺得自己連額頭都漲紅了；唐格拉爾固然是在卑鄙地為自己開脫，但他的神態卻不像在說謊。霎時間，已被遺忘或當初不曾留意的事情，一件件一樁樁又在眼前浮現，又從記憶深處跳出來了。基督山當然是早就知情的，既然阿里帕夏的女兒就是他買下的；所以，他勸唐格拉爾寫信到約阿尼納去，完全是有所考慮的。這是精心安排的，無庸置疑，基督山是跟他父親的仇敵沆瀣一氣的。

當晚，在歌劇院的包廂裡，神色迷亂、兩眼充血的阿爾貝向基督山伯爵肆意挑釁，伯爵接受了他扔過來的手套。決鬥定於第二天早上八點在萬森森林進行。

基督山先生按照他的習慣，直到聽完那曲有名的詠嘆調《隨我來！》才起身離開歌劇院。

回到府邸以後，他吩咐把那對象牙柄的手槍拿出來。正當他仔細察看這對手槍的時候，房門打開，他的貼身僕人走了進來。

伯爵還沒來得及開口，就瞥見開著的房門外站著一個戴面紗的女人。此刻她也看見了手裡拿著手槍的伯爵，便猛地衝了進來。

僕人用詢問的目光看看主人。伯爵示意他退下；他退了出去，隨手把門帶上。

「您是誰，夫人？」伯爵問。

戴面紗的女人彎下身子，彷彿是要跪下似的，同時雙手合在胸前，用絕望的口吻說道：

「愛德蒙，別殺死我的兒子吧！」

伯爵輕輕地喊了一聲，不覺鬆手讓手槍掉在了桌上。

「您在說什麼名字，德．莫爾塞夫夫人？」他說。

「您的名字！」她撩開面紗喊道，「這是也許只有我一個人還沒忘記的您的名字。愛德蒙，來看您的不是德．莫爾塞夫夫人，而是梅爾塞苔絲。」

「梅爾塞苔絲死了，夫人，」基督山說，「我已經不認識叫這個名字的人了。」

「梅爾塞苔絲還活著，先生，梅爾塞苔絲還記得您的聲音，因為她從剛見到您，甚至在看清您以前，就認出了您愛德蒙，認出了那只有您才有的說話的聲音；她不用去找，也能知道是誰的手給德．莫爾塞夫先生這一沈重的打擊。」

「您是想說費爾南吧，夫人，」基督山帶著一種苦澀的譏諷說，「既然我們在回憶當年的名字，那就把它們全都回憶起來吧。」

「哦！發發慈悲吧！我的兒子也猜到了是您；他認定是您讓他父親遭到了這場災禍的打擊。」

「夫人，」基督山說，「您說錯了：這不是災禍，這是懲罰。打擊德．莫爾塞夫先生的並不是我，而是決意懲罰他的天主。」

「可您為什麼要去代替天主呢？」梅爾塞苔絲喊道，「當天主都已經忘卻的時候，為什麼您偏偏還要記得呢？約阿尼納和它的總督，跟您愛德蒙有什麼相干？費爾南・蒙代戈出賣阿里帕夏又有什麼對不起您的地方呢？」

「您說得對，夫人，」基督山回答說，「那並不關我的事。我確實發過誓要報仇，但那既不是向蒙代戈上校，也不是向莫爾塞夫伯爵，而是要向那個費爾南，那個娶了加泰羅尼亞姑娘梅爾塞苔絲的漁夫報仇。」

「哦！」梅爾塞苔絲喊道，「命運讓我犯下了這樁過錯，我太軟弱，我是罪有應得的。您要報復就報復我吧。」

「可是您知道嗎，」基督山大聲說，「我為什麼會離開您？我為什麼會坐牢？」

「我不知道，」梅爾塞苔絲說。

「對，您不知道，夫人，至少我也希望是這樣。好吧！我來告訴您。我被捕，坐牢，就是因為在我跟您舉行婚禮的前一天，在雷瑟夫酒店的涼棚架下面，有一個名叫唐格拉爾的人寫了這封信，而那個打漁的費爾南把它投進了郵箱。」

說著，他走到寫字檯跟前，打開抽屜取出一張紙，這張紙已經褪去了本來的顏色，墨水跡也變成了鐵鏽色。這就是他當初用二十萬法郎從監獄巡視員手裡買下來的那封告密信。

梅爾塞苔絲驚恐地看完這封信，身子都有些晃晃悠悠了。

「您報仇吧，愛德蒙！」她喊道，「請您在有罪的人身上報仇，在他身上，在我身上報仇，但不要在我兒子身上報仇吧！」

「聖經裡寫道，」基督山回答說，「『父親作的惡，將報應在子女身上，直到第三代和第四代。』既然天主授意先知這麼寫，為什麼我應該比天主更仁慈呢？」

「因為天主擁有時間，擁有永恆，而人是無法擁有它們的。」

基督山一聲長嘆，聽上去就如淒厲的哀號。

「愛德蒙，」梅爾塞苔絲向著伯爵伸出雙手說，「愛德蒙，從我認識您的時候起，我就一直崇拜您的名字，一直把對您的回憶珍藏在心中。愛德蒙，但願您能知道，不論是在我指望您還活著的時候，還是在我以為您已經死了以後，我都曾淚流滿面地向天主祈禱過！可是我除了祈禱和哭泣，還能為您做些什麼呢？我聽說了您想逃跑，頂替一個囚犯鑽進一塊裹屍布，結果給從崖頂上扔了下去。愛德蒙，整整十年，我每天夜裡夢見那幾個人在一座山崖的頂上，晃悠著一團說不清究竟是什麼的東西；整整十年，我天天夜裡聽見一聲慘叫，驚醒過來時渾身發抖，手腳冰涼。哦！愛德蒙，請相信我，儘管我是有罪的，哦！可我也忍受著這種種折磨。」

「您嘗到過父親在您離去的時候餓死的滋味嗎？」基督山把雙手插進頭髮裡喊道，「您見到過您心愛的女人在聖壇前把手伸給您的仇人，而您卻在暗無天日的地牢裡聲音嘶啞地喘著氣的情景嗎？……」

「沒有，」梅爾塞苔絲截住他的話說，「可是我見到我永遠愛著的人就要成為殺害我兒子的凶手了！」

梅爾塞苔絲說出這句話時，神情是那麼悲痛，語氣是那麼絕望，基督山聽到這句話，聽到這語氣，不禁迸發出一陣引起喉頭劇痛的啜泣。

「您要什麼？」他說，「是要您的兒子活著嗎？好吧！他會活下去的！」

梅爾塞苔絲喊了一聲，基督山不由得兩滴熱淚奪眶而出，但這兩滴眼淚幾乎剎那間就消失了，因為天主想必已經派了天使，把這兩滴在天主眼裡比最貴重的珍珠更加珍貴的眼淚收回去了。

「愛德蒙，」梅爾塞苔絲說，「我只有一句話要對您說了。雖然我的臉已經變得蒼老，我的眼睛已經失去光澤，我的美貌已經不復存在，但您會看到，我的心仍然跟從前一樣！……再會了，愛德蒙，謝謝您！」

當德．莫爾塞夫夫人的馬車沿著香榭麗舍大街駛去時，殘廢軍人院敲響了半夜一點的鐘聲；陷於痛苦而深邃的冥想之中的基督山，聽見這鐘聲抬起了頭來。

「我真後悔，」他對自己說，「在我下定決心要復仇的那天，為什麼不把自己的心給摘下來呢！」

第二天早上在萬森森林，騎馬匆匆趕來的阿爾貝當著證人的面，向基督山伯爵道了歉。隨後，阿爾貝回到家裡，和在那兒等著他的母親一起收拾一點簡單的衣物，準備離開這個變得那麼疏遠的宅邸。

這時，有個人趕來交給他一封信。阿爾貝認得這人是基督山伯爵的管家。看完信後，他眼裡滿是淚水，回到梅爾塞苔絲的房裡，默默地把它遞給母親。

梅爾塞苔絲念道：

阿爾貝：

我知道你倆就要離開埃爾代街的宅邸，而且什麼東西都不帶走。我是怎麼知道的，您不用去打聽。我知道了：這就行了。

二十四年前，我滿懷喜悅地回到了故鄉，我為我的未婚妻帶去了一百五十枚金路易，那是我辛辛苦苦為她攢下的一筆錢；我知道大海是變化莫測的，所以就把我們的這筆財產埋在了我父親的小屋後面的小花園裡。

這座可憐而珍貴的小屋，阿爾貝，您母親是很熟悉的。

好吧！阿爾貝，當初準備給那位我心愛的姑娘，幫她過上寧靜生活的這筆錢，今天由一種可悲的巧合，又可以派上同樣的用場了。哦！請您一定要理解我的意思，因為我本來是完全可以拿出幾百萬的錢來給這位可憐的女人的，而現在我只是把我離開我心愛的姑娘以後，就一直被遺忘在那小屋裡的一塊黑麵包給了她。

信念完。梅爾塞苔絲抬頭望著上天，目光中充滿了一種難以形容的表情。

「我接受，」她說，「他有權給我一份讓我帶到修道院去的財產！」

母子倆都沒有注意到，剛才有張蒼白而陰沉的臉湊在房門的毛玻璃上傾聽屋裡的動靜。這會兒，這張蒼白的臉慢慢地離開了那扇房門。

十分鐘後，莫爾塞夫出現在臺階上。看上去他事先已經吩咐過；因為他剛走到最後一級臺階時，套好轅馬的馬車就從車庫裡駛過來，停在他的面前了。

「到香榭麗舍大街，」他說，「基督山伯爵府邸。快！」

十分鐘以後，他已經在基督山的客廳裡了。

「今天早上您跟我兒了有一場決鬥，先生，可是後來又取消了。想必是您向他道了歉，或是對他作了某種解釋？」

「我沒有對他作任何解釋，倒是他向我道了歉。這原因麼，可能是因為他認定了在這件事裡，有一個人的罪孽比我更深重。」

「那好吧，」莫爾塞夫氣得臉色發白地說，「既然這個時代的年輕人不喜歡決鬥，那就讓我們決鬥吧……您意下如何，先生？」

「我隨時恭候，先生。」

「那就走吧，我們用不著什麼證人。」

「是的，」基督山說，「用不著，咱倆是老相識了！」

「正相反，」莫爾塞夫說，「我和您根本不認識。」

「哼，」基督山神情冰冷地說，「您不就是在滑鐵盧戰役前夜開溜的小兵費爾南嗎?您不就是出賣恩主的那個費爾南上校嗎?」

「喔!」莫爾塞夫喊道，這些話就像燒紅的烙鐵燙在了他身上，「沒錯，你是認識我的，這我知道，可是我還不認識你這個冒險家哩!在巴黎你自稱是基督山伯爵，在義大利叫水手辛巴德;在馬耳他你又叫什麼來著?我忘了。可是我要問你的是你的真名，當我在決鬥場上把劍插進你的心口的那會兒，我將要喚的就是這個名字。」

基督山臉色變得異樣的慘白;他疾步走進裡屋的一個小間，很快地換下了身上的衣服，穿上一件窄小的水手服，戴上一頂水手帽，露出幾綹長長的黑髮。

他回進客廳。莫爾塞夫起初不明白基督山為什麼突然離開，所以一直在等著，此刻一見迎面走來的基督山，不由得牙齒格格打戰，兩腿發軟，拼命往後退去，直到碰著一張桌子，痙攣的手抓住一個支撐的地方才停住。

「費爾南!」基督山對他喊道，「我的名字你也猜到了，是嗎?要不就是你終於也記起來了?因為，我在受了那麼多折磨以後，今天讓你看到的是一張由於復仇的喜悅而變得年輕的臉，這張臉，你應該是經常在夢中見到的，自從你娶了……娶了我的未婚妻以後！」

莫爾塞夫頭往後仰，雙手卻往前伸著，目光凝滯地盯著眼前可怕的景象；隨後，他退後去靠在牆上，貼著牆壁慢慢地摸到門口，一邊往後退出房門，一邊發出一聲淒厲的哀號：

「愛德蒙・唐泰斯！」

他神志恍忽地回到了家裡，只見院子裡停著一輛出租馬車。他驚惶地逕直往自己的房間跑去。

有兩個人剛好走下樓來，他連忙閃身躲在一道門簾後面。

母子倆從他旁邊擦身而過；他依稀感覺到兒子說下面的話時，那暖乎乎的氣息拂到了他的臉上：

「堅強些，媽媽！我們走吧，這已經不是我們的家了。」

莫爾塞夫直起身子，用攣縮的手攀住門簾，死命抑制住那可怕的嗚咽，那發自一個被妻子和兒子同時拋棄了的父親的可怕的嗚咽，然後奔進臥室去。

就在出租馬車轔轔駛出大門拱頂的同時，響起了一聲槍響，從那間臥室的一扇被爆炸聲浪震碎的玻璃窗裡，冒出了一縷黑煙。

第十七章◎撬鎖夜盜

奧特伊別墅。基督山的貼身男僕巴蒂斯坦開門進來，手裡托著一只鍍金的銀盤，裡面擱著一封信。

伯爵打開信紙，念道：

此信特為通知基督山先生，今晚將有人潛入閣下於香榭麗舍大街之府邸，意在竊取寫字檯內財物。先生可不必向警方求援，蓋因警方介入將使提供此則消息者處境大為不利也。防範過於明顯勢將嚇退該人，致使基督山先生失卻識破一名仇人之機會，在下獲悉此事純屬偶然，倘若歹徒此番不敢動手，而待下次再作道理，則在下當無由再行奉告也。

伯爵的第一個反應，是覺得這是盜賊的詭計，是個圈套，通知他一個不太嚴重的情況，用意是把他引進一種更加危險的境地。但轉念一想，無論如何，先要把事情弄個水落石出再作道理。於是他對巴蒂斯坦說：

「您馬上回巴黎去，把留在那裡的僕人帶到這兒來，我要所有的人都集中到奧特伊來。」

「府裡一個人都不留嗎？伯爵先生？」巴蒂斯坦問。

「是的，除了看門人誰都不留。」

「先生請注意，門房離宅子可遠著呢。」

「您想說什麼呢？」

「即使有人把宅子裡的東西都偷光了，他也聽不到一點動靜的。」

「誰會去偷呢？」

「當然是竊賊嘍。」

「您是個傻瓜，巴蒂斯坦先生；就算竊賊把宅子裡的東西都偷光，也比不上一個僕人不聽我的吩咐更讓我惱火。」

晚飯過後，基督山只帶努比亞啞僕阿里一人，悄悄趕往巴黎，來到香榭麗舍大街的宅邸對面。

基督山看清四周沒有埋伏，而且確準沒有人釘梢以後，就立即帶著阿里朝小門跑去，迅速地進了宅邸；然後他用身邊帶著的鑰匙打開僕人用的樓梯的入口，上樓進了自己的臥室。但他既不拉開也不掀動任何一塊窗簾，就連看門人也沒想到，這座他以為空無一人的宅子，主人居然已經在裡面了。

伯爵稍稍挪開一塊活動的牆板，這樣他就可以從臥室看到房間裡的情況了。他的手邊放著手槍和馬槍，阿里則手握一柄阿拉伯小斧。

兩個小時就這樣過去了。門房間的那盞小燈早就熄滅了。

殘廢軍人院的大鐘敲響了十一點三刻；隨著潮濕的西風，飄來了三下淒涼、顫抖的鐘聲。

最後一下鐘聲停歇以後，伯爵聽見房間的方向似乎有一下輕微的響聲；然後又是第二下，第三下；到第四下時，伯爵已經心裡有數了。那是一只腕力強勁、訓練有素的手，正在用金剛鑽劃割一塊玻璃窗的四道邊框。

這時，他覺得阿里在他肩膀上輕輕碰了一下；他轉過身去。阿里對他指指那扇面朝大街的窗子。伯爵朝這扇窗子走上幾步；他知道這個忠心耿耿的僕人，感官的敏銳是異乎常人的。果然，他看見大門外還有個人影，這個人正站在牆腳石上，彷彿是想看清伯爵宅邸裡的情況。

「好呀！」他喃喃地說，「他們是兩人一夥，一個動手，一個把風。」

先前的那個人已經越過窗戶，進了房間；不一會兒，伯爵就聽到了一陣擺弄鑰匙串時發出的輕微的金屬碰擊聲。這種鑰匙串，在竅賊的行話裡叫「夜鶯」，想必是他們每當聽到鑰匙錚錚作響地頂開鎖舌時，覺得那聲音美妙得有如夜鶯鳴囀的緣故。但由於光線太暗，那傢伙一時找不到合適的鑰匙，於是他掏出一盞微光燈摁了下按鈕，一道微弱的黃橙橙的光線映在那傢伙的手上和臉上。

「噢！」猛然吃驚地往後退去，「原來是……」

阿里舉起斧子。但伯爵示意他不要動，守在那兒。然後，伯爵踮起腳尖走到壁櫥跟前，取出一件黑色長袍和一頂三角帽，迅速地換下身上的衣服，穿上黑袍，戴上教士光頂式樣的假髮和那頂三角帽。

他用手勢吩咐阿里待著別動，自己取了一支蠟燭點亮，趁那竊賊聚精會神地對付那把鎖的當口，輕輕地打開門。

因為開門的聲音非常輕，那竊賊沒有聽到。但他冷不防看到屋裡亮了起來，不由得大吃一驚，猛地轉過身來。

「噯！晚安，親愛的卡德魯斯先生，」基督山說。

「布索尼神甫！」卡德魯斯驚恐地喊道，失手把那串鑰匙掉在了地上。

「我很高興您還記得我，親愛的卡德魯斯先生，」基督山說，「可您這麼偷偷摸摸地進來，莫非是想偷基督山伯爵的東西嗎？」

「饒了我吧，神甫先生，」卡德魯斯說，「您當初救過我一次，現在就再救我一次吧。」

「說不定我會再憐憫您一次，放您逃走，」神甫說，「可是您得把實情都說出來。

先告訴我，您關在土倫以後是怎麼逃出來的？」

「我在土倫跟一個科西嘉小伙子拴在同一副腳鐐上，後來有個叫威爾莫勛爵的英國人給了我們一把銼刀，我們就用它銼斷腳鐐逃了出來。」

「那小伙子叫什麼名字？」

「貝內代托。現在他叫安德烈亞・卡瓦爾坎蒂。」

「這麼說，他就是被我朋友基督山伯爵奉為上賓，而且快要娶唐格拉爾小姐的那個年輕人嘍？」

「就是他。」

「我要把一切都說出來。」

「告訴誰？」

「唐格拉爾先生。」

「別想得這麼美！」卡德魯斯喊道，一邊從背心裡掏出一把鋒利的短刀，對準伯爵當胸刺去，「你什麼也甭想說了，神甫！」

但是使他大驚失色的是，短刀非但沒有刺進對方的胸膛，反而在一層軟甲上弄捲了尖刃。

就在這時，伯爵伸起左手一把抓住他的手腕，用力一擰，痛得卡德魯斯一聲慘叫，短刀落在了地上。

「饒命！饒命！痛死我了！」

「拿好這支筆照我說的寫，我就饒了你。」

「我不會寫字，神甫先生。」

「你撒謊！拿好筆，給我寫！」

卡德魯斯懾於這威勢，拿起筆來，邊聽邊寫：

先生，您在府上款待，並打算將令嬡許配給他的那個人，曾當過苦役犯，是和在下一起從土倫監獄逃出來的；他是五十九號，在下是五十八號。

他叫貝內代托；但他因為不知道父母是誰，所以連自己也不知道自己的真實姓名。

「信封上寫：昂坦堤道街，銀行家唐格拉爾先生收。」

卡德魯斯寫了信封。

「現在你走吧，」基督山說，「從哪兒進來的，就仍然從哪兒出去。」

卡德魯斯渾身直打哆嗦，好不容易才從窗口爬了下去。直到覺得腳踩在花園的泥地上，他才鬆了口氣。

他把梯子在圍牆上架好，慢慢地爬上梯子，到了最上面幾級踏級時，從圍牆頂上探出頭去，看看街上有沒有人。

四處不見一個人影，周圍一片寂靜。

於是卡德魯斯騎在牆頭上，把梯子收上去，擱到圍牆的另一側去，然後準備沿著梯子往下爬，或者說準備沿著梯子的兩條豎杆往下滑；他幹這些事兒，動作非常麻利，說明他幹這營生已經是熟門熟路了。

可是，一旦開始往下滑，他就想止也止不住了。於是，他眼睜睜瞧著一個人趁他滑到一半的時候，從暗角裡竄將出來，眼睜睜瞧著一條胳臂當他腳剛著地的時候舉了起來，他還沒來得及採取任何自衛措施，就讓那隻手在後背上狠狠地戳了一刀，他不由得脫手鬆開梯子喊道：

「救命啊！」

但他肋間馬上又挨了一刀；他摔倒在地上喊道：

「殺人啦！」

那凶手揪住他的頭髮，朝他前胸戳了第三刀。然後，看見他雙眼緊閉，嘴巴歪斜，以為他死了，就丟下他逃走了。

剛才淒厲的呼救聲穿透了濃重的夜空。基督山和阿里拿著燈火奔了過來；只見卡德魯斯渾身是血，鮮紅的血汩汩地從三處傷口往外流。伯爵和阿里把他抬進了屋子裡，然後伯爵吩咐阿里去把大夫和檢察官找來。

卡德魯斯蘇醒了過來。

「神甫先生，」他斷斷續續地說，「我……我要告發凶手……他是……是貝內代托……他先是畫了……畫了伯爵房子的平面圖……給我，想必是指望……我能殺了伯爵……要不然就是……讓伯爵殺了我……好讓他……甩開我……後來……他又等在……街上……用刀……殺我。」

「要不要我把你告發的內容寫下來？你可以在上面簽個字。」

「對……對……」卡德魯斯說，想到死後能夠復仇，他的眼睛發亮了。

基督山寫道：

殺我的凶手是那個科西嘉人貝內代托，就是和我在土倫銬在同一根鐵鐐上的伙伴，那時他是五十九號。

寫完，他把筆遞給卡德魯斯。臨死的人用盡全身氣力簽了名字，又倒回在床上。

「現在你聽我說，」假神甫對他說，「他事先還寫了封信給伯爵，而且他一直尾隨著你，監視著你的一舉一動。」

「這麼說……您……都看見了……卻眼看我……去死……」

「這是天主給您的懲罰，是天意！你仔細看看，我是誰？」說著，基督山掀掉髮套，讓那頭烏黑的頭髮垂落下來。

「您……」卡德魯斯驚惶地說，「您是……威爾莫……勛爵……」

「我既不是布索尼神甫，也不是威爾莫勛爵，」伯爵湊近他的耳邊說，「我是……」從那幾乎沒有張開的嘴巴裡，吐出一個聲音很輕很輕的名字，彷彿伯爵自己害怕聽到這個名字似的。

卡德魯斯本來已經支起身子來，這時伸出雙臂，使盡全身力氣往上舉起。

「呵，天主，原諒我吧，」他說，「主啊，我這麼長久……一直沒有認出您來……原諒我吧……」

說完，他閉上雙眼，發出最後一聲喊叫，吁出最後一聲長嘆，仰面往後倒去。鮮血立即在寬寬的創口的邊緣上凝了起來。他死了。

十分鐘後，大夫和檢察官都趕到了，一位由看門人陪來，另一位由阿里陪來。布索尼神甫接待了他們，而當時他正在死者身旁祈禱。

第十八章◎下毒

檢察官維爾福先生的府邸成了一座凶宅：三個月來，維爾福先生的岳父母和諾瓦蒂埃先生的老僕人巴魯瓦相繼猝死。現在似乎輪到瓦朗蒂娜小姐了；她前一陣一直身體很虛弱，幾天前突然從樓梯上滾了下來，渾身痙攣，不省人事。

馬克西米利安聽說了這個消息，頓時覺得憂心如焚。他找到基督山伯爵，把久藏在心底的秘密和盤托出，向這位年長的好友傾吐了難以言喻的憂慮和哀傷。

就在當天，一個神情嚴肅、語氣平靜的義大利教士，租用了跟維爾福先生府邸毗鄰的那幢房子。他自稱是布索尼先生。

瓦朗蒂娜一直渾身乏力地躺在床上；但她的腦子經常處於很亢奮的狀態。特別是在夜深人靜，屋裡只有壁爐架上那支徹夜點著的小油燈在乳白色的燈罩下透出一點光亮，這時她總會看見一些幽靈似的影子在眼前走過，有時彷彿是樣子嚇人的繼母，有時是向她伸出雙臂的莫雷爾，有時又是基督山伯爵那樣的她平時並不熟悉的人。

這天晚上，附近的教堂敲響十一點的鐘聲時，女護士把醫生準備的藥水放在病人的床頭櫃上，鎖上房門走了出去。

從那盞小油燈的燈芯上，散發出成千上萬道蘊含著奇特意義的光芒，突然間，就在這顫巍巍的光線下，昏昏沈沈的瓦朗蒂娜彷彿看見，安在壁爐邊上那堵牆壁上的書櫥慢慢地轉了過來，但沒發出一絲聲響。

門後出現了一個人影。

瓦朗蒂娜由於發高燒的緣故，對這種幻覺已經習以為常，不覺得有什麼可怕的了；她只是睜大眼睛，希望能認出那是莫雷爾。

那個人影繼續朝她的床走來，隨後停住，像是在仔細諦聽。這時，一道燈光映在了他的臉上。

「這不是他！」她喃喃地說。

於是，她一心想著眼前是幻覺，等著這個人就像在夢裡常會發生的那樣，或是消失不見，或是變幻成另一個人。

她伸出手去，想拿起放在玻璃盤裡的那只杯子；但正當她顫巍巍地從床上把胳臂伸出去的時候，那個幻覺中的人影卻突然向她床前又走近了兩步，而且她似乎覺得他在按住她的手。

她慢慢地把胳臂縮了回來。但她的目光無法從這個人影身上挪開，只見他拿起玻璃杯，湊近燭光看了一下杯裡的液體，彷彿是想判斷一下它透明清澈的程度；然後他從玻璃杯裡倒出一匙液體，咽了下去。瓦朗蒂娜望著眼前發生的事情，完全驚呆了。

她以為，眼前的這一切馬上就會消失，換成另一幅圖景；但是這個人非但沒有像幽靈那樣消失，反而向她走近過來，一邊伸手把杯子遞給她，一邊用充滿感情的聲音說：

「現在，喝吧！……」

瓦朗蒂娜渾身哆嗦起來；這是眼前的幻影，第一次用這麼清晰的聲音對她說話。

「基督山先生？」她驚恐地低聲說。

「別怕，」伯爵說，「就連心底裡也不要有絲毫懷疑和不安；您看見在您眼前的這個人，是您所能想像得到的最慈愛的父親和最恭敬的朋友。一連四夜，我都守在您身邊，我在保護著您，在為我們的朋友馬克西米利安保證您的安全。」

「您在守夜？在哪兒？」瓦朗蒂娜不安地問，「我怎麼沒看見您。」

伯爵伸手朝書櫥的方向指了指。

「我躲在這扇門後面，」他說，「這扇門能通到我在隔壁租下的屋子。」

瓦朗蒂娜帶著少女羞澀的驕矜，一下子把目光移開，驚駭地說：

「您什麼都看到了？」

「瓦朗蒂娜，」伯爵說，「在漫長的守夜時間裡，我看到的只是這些事情：有哪些人進您屋裡，人家給您預備什麼食品，給您送來什麼飲料；然後，當我覺得這些飲料有危險的時候，我就像剛才那樣進來，把杯子裡的毒藥倒掉，換上一種有益的藥水。」

「毒藥！」瓦朗蒂娜喊道，以為自己又在發燒，產生幻覺了。

「噓！」基督山一邊把手指放在嘴唇上，一邊從衣袋裡拿出一個小瓶，把裡面的紅色液體倒了幾滴在杯子裡，「您把這喝了以後，今晚就別再喝別的東西了。」

瓦朗蒂娜接過杯子喝了下去。

「哦！是的，」她說，「我嘗得出這就是我每天夜裡喝的藥水，喝了這種藥水，胸口會舒服些，腦子裡也會清楚些。」

「這就是您這四夜能活下來的原因，瓦朗蒂娜，」伯爵說，「哦！每當我看見您的杯子裡倒進了致命的毒藥，每當我渾身顫慄地想到，也許我還來不及把它倒進壁爐，您就會把它喝了下去，這時候我是在忍受著怎樣的煎熬啊。」

「您是說，先生，」瓦朗蒂娜不勝恐怖地問道，「您是看見那致命的毒藥倒進我杯子的？既然這樣，您一定也看見那個放毒藥的人了？」

「是的。」

「您對我說的話太怕人了，」瓦朗蒂娜渾身都是冷汗了，「這簡直沒法叫人相信。」

「難道您是這隻手要加害的第一個人嗎，瓦朗蒂娜？您的外公外婆，還有巴魯瓦，不都一個個倒下去了嗎？諾瓦蒂埃先生因為長期服用含微毒的治癱瘓的藥物，所以有了抗毒性，要不他也早就倒下去了。」

「哦！我的天主！」瓦朗蒂娜說，「就為這個緣故，這一個月來爺爺才要我喝他的藥水嗎？」

「這種藥水，」基督山喊道，「有一種乾枯皮的苦味，對不對？」

「對。」

「噢！這下我全明白了，」伯爵說，「他也知道這兒有人下毒，而且說不定還知道是誰在下毒。」

「這個兇手到底是誰？」

「您就會知道是誰了，」基督山說，一邊豎起耳朵仔細聽著。

「為什麼？」瓦朗蒂娜問，恐怖地向四下望去。

「因為今天晚上您既沒有發燒也並沒有神志不清，而現在馬上就要半夜十二點，那凶手就要出來了。」

「我的天主！」瓦朗蒂娜一邊說，一邊用手去抹額頭沁出的汗珠。

果然，這時響起了午夜十二點緩慢而淒涼的鐘聲。「瓦朗蒂娜，」伯爵對她說，「您千萬不要動，也不要出聲，讓那人以為您是睡著了，否則說不定來不及等我趕過來，你就要被人殺死了。」

不一會兒，伯爵就消失在書櫥後面了。

瓦朗蒂娜的注意力，全都集中在了房裡的那口掛鐘中，鐘擺滴答滴答地計著秒。她那神經高度緊張的腦子裡，只有一個念頭，一個可怕的念頭在不停地盤旋著：在這個世界上，有一個人想毒死她。

掛鐘敲響了十二點半的那一下鐘聲。就在這時，傳來一陣輕得難以覺察的用手輕叩書櫥的聲音，意思是告訴瓦朗蒂娜，伯爵在警惕著，她也得警惕了。

不一會兒，在對面的方向，也就是說在愛德華的房間那邊，瓦朗蒂娜似乎聽見地板上有聲音；她豎起耳朵，使勁屏住呼吸，憋得都快透不過氣來了。門鎖的旋鈕「喀」地響了一下，房門在鉸鏈上轉動過來。

她感到一顆心被一種無法形容的恐怖揪得緊緊的，驚惶而激動地等待著。

有個人影走過來，靠近床邊，碰到了床幔。瓦朗蒂娜使足勁控制住自己，發出輕微而均勻的呼吸聲，就像是睡得很平穩的樣子。

「瓦朗蒂娜！」一個聲音輕輕地說。

年輕姑娘從心底裡打個寒顫，但沒有作聲。

隨後，她聽見一種輕得幾乎聽不出來的聲音，那是液體倒進她剛喝空的玻璃杯的聲音。這時，她靠著擱在眼睛上的那條胳臂的遮掩，壯著膽子微微睜開一點眼睛。

只見一個身穿白色睡衣的女人，在把一個小瓶子裡的液體倒進她的玻璃杯裡。在這一瞬間，瓦朗蒂娜或許是呼吸聲急促了一些，也可能是動彈了一下，那個女人神態不安地停住手，朝病床俯下身來，想看看清楚她是不是真的睡著了：這人是維爾福夫人！

要想說清楚維爾福夫人待在房間裡的這一分半鐘時間裡，瓦朗蒂娜到底都感受到了些什麼，那是不可能的。

用手輕叩書櫥的聲音，把年輕姑娘從近乎麻木的昏昏沈沈的狀態中驚醒過來。

書櫥的門又一次悄悄地轉過來，基督山伯爵又出現了。

「您認出來啦？」

「我的天主！她幹麼要毒死我呢？我可從來沒有傷害過她呀。」

「但是您有錢，您有二十萬法郎的年金，是您讓她的兒子愛德華沒法得到這二十萬年金的。」

「可是我的財產，是我的外公外婆留給我的呀。」

「沒錯，就為這個緣故，您的外公和外婆都死了：那是為了讓您能繼承到他們的遺產；也就是為了這個緣故，在諾瓦蒂埃先生指定您作為遺產繼承人以後，她就對他下了手；還是為了這個緣故，現在輪到您死了，瓦朗蒂娜，這樣一來，您的財產就歸您父親繼承，而您的弟弟作為獨子，又能從您父親手裡繼承到這筆財產。」

「愛德華，可憐的弟弟！她犯下這些罪過都是為了他嗎？」

「是的。現在只有我能救您，而且我一定會救出您的。」說著，伯爵從背心口袋裡掏出一個翡翠匣子，揭開金蓋，把一粒豌豆大小的藥丸倒在瓦朗蒂娜的右手心裡。

瓦朗蒂娜用探詢的目光望著伯爵。

「是的，無論出什麼事您都別怕，即使您醒來時發現自己躺在陰森森的棺材裡，您也別驚慌。我始終在照看著您。」

瓦朗蒂娜把藥丸放進嘴裡，吞了下去。

基督山久久地凝視著年輕姑娘，看著她在麻醉藥的作用下漸漸入了睡。他拿起玻璃杯，把其中四分之三的溶液倒進壁爐，好讓人以為是瓦朗蒂娜喝掉的，再把杯子放回到床頭櫃上。然後，他又消失在書櫥後面了。

屋裡死一般地沈靜；幽暗慘淡的光線，把年輕姑娘的白色床幔和被罩都染上了一層乳白色。

過了一會兒，通愛德華臥室的房門開了，維爾福夫人的臉出現在房門對面的鏡子裡：她要回來看看藥水是否奏效。

我們上面說過，杯裡還剩四分之一的溶液。她拿起杯子看了看，走過去把剩下的溶液倒在壁爐裡，再把爐灰輕輕攪動一下，好讓液體被吸收得更快些，然後她仔細地刷淨杯子，用自己的手帕拭乾，放回到床頭櫃上，退了出去。

幾個小時以後，女護士進屋來，發現瓦朗蒂娜的嘴唇已經沒有熱氣，胸口也冰涼了。

她驚恐地尖叫起來，「救人哪！救人哪！」

還沒等醫生和維爾福先生趕到，樓上的那些僕人已經擁進了瓦朗蒂娜的房間，他們看見小姐死了，一個個都向上天舉起雙手，就像突發眩暈似的搖晃著身子。

「去喊德．維爾福夫人，去叫醒她！」檢察官喊道，他呆在房門口似乎不敢進去。

可是那些僕人並不來答應他，兀自只管望著阿弗里尼大夫，他已經進了屋，奔到瓦朗蒂娜身邊，把她抱在懷裡。

「她死了，死了，」他喃喃地說。

這時，維爾福夫人披著晨衣，掀開了門簾；她在門口停了一會兒，做出想詢問在場的人的樣子，同時也想擠出幾滴眼淚來。

陡然間，她雙手伸向那張床頭櫃，猛地往前走上一步，或者不如說蹦上一步。

她剛瞥見大夫向床頭櫃俯下身去，拿起那隻她記得清清楚楚在半夜裡已經倒空的玻璃杯。

杯子裡還有三分之一的溶液。

即使此刻瓦朗蒂娜的鬼魂豎立在這個下毒的女人面前，也不會使她更為驚駭。

一點不錯，那就是她倒在瓦朗蒂娜的杯子裡，而且瓦朗蒂娜喝過的溶液的顏色；阿弗里尼大夫拿在手裡仔細察看的這種毒藥，是逃不過他的眼睛的：這一定是天主顯靈，為了讓人能揭發罪行而留在那兒的線索和證據，是任憑怎麼防範也無濟於事的。

這時，阿弗里尼大夫已經滴了幾滴硝酸在玻璃杯的乳白色溶液裡，只見那小半杯液體馬上變成了鮮紅色。「啊！」大夫輕輕地喊道，這喊聲中有審判官發現罪行真相時的

恐怖，但也攙有學者解決一個難題時的欣喜。

維爾福夫人轉身站立片刻，眼睛裡先是迸射出激動的光芒，隨後又變得黯淡下去；她伸出一隻手，踉踉蹌蹌地向房門摸去，然後就消失不見了。

不一會兒，只聽得遠遠地傳來撲通一聲，像是有誰倒在地板上了。阿弗里尼大夫掀起門簾，從愛德華的房間裡望過去，一直望到維爾福夫人的房裡，看見她昏然不動地躺在地板上。

第十九章◎贖罪祭禮

巴黎又出了樁新聞：就在卡瓦爾坎蒂子爵與唐格拉爾小姐簽訂婚約的當天，憲兵帶著逮捕令來到唐格拉爾先生府邸，宣稱這個冒牌的子爵是從土倫監獄逃出來的苦役犯，而且是殺害卡德魯斯的凶手，他的真名叫貝內代托。貝內代托落入法網，被關進了中央監獄。

基督山伯爵派他的管家去了一趟中央監獄；這位管家買通監獄看守人員，進牢房跟犯人密談了很長時間。

檢察官維爾福先生親自處理這樁要案。他整天把自己關在書房裡，以一種狂熱的姿態伏案準備卡德魯斯被殺害的訴訟材料。證據並不怎麼令人信服，因為主要證據就是一個奄奄一息的苦役犯所寫的一張紙條，這個當年跟被告在苦役監獄裡銬在同一根腳鐐上的同伙，也有可能是出於泄憤或報仇的目的而誣陷他；但檢察官的腦子裡已經形成了一個非常明確的概念，那就是貝內代托是有罪的，而他本人則要從這場艱巨的勝利中贏得自尊心的滿足，以此來稍稍刺激一下他那顆冰冷的心。

開庭的那一天到了。早餐的時間，維爾福先生沒有去就餐。貼身男僕進書房來傳話。

「夫人吩咐提醒先生，」他說，「十一點鐘剛敲過，法庭是在十二點開庭。」

「嗯！」維爾福說，「還有呢？」

「夫人已經換好了裝；她都準備好了，想問一下她是不是陪先生一起去。」

「去哪兒？」

「法院。」

「去幹麼？」

「夫人說她很想旁聽這次開庭。」

「哼！」維爾福以一種幾乎使那僕人感到害怕的語氣說，「她想去旁聽！」

僕人往後退了一步說：

「要是先生想一個人去，我就去告訴夫人。」

「去告訴夫人，」維爾福沈默片刻，然後說道，「我有話要跟她說，讓她在房間裡等著我。」

十分鐘以後，他腋下夾著卷宗，手裡拿著帽子，朝妻子的房間走去。到了房門口，他停了一下，用手帕擦了擦沿著死灰色的額頭往下淌的汗珠。接著，他推開門。

維爾福夫人正坐在一張長沙發上，她看見丈夫進來，想在臉上綻出一個笑容，但維爾福那張鐵板的臉，使她的笑容在半道上便凝住了。她問道：「出什麼事啦？」

「夫人，您平時用的毒藥放在哪兒？」檢察官站在妻子和房門中間，直截了當地發問。

維爾福夫人此時的感覺，想必就像是雲雀看見鷙鷹殺機畢露地在頭頂上盤旋，圈子愈打愈小時的感覺。她的臉色由白轉成死灰，從胸口吁出一聲既不像叫喊又不像嘆息的嘶啞幽咽的聲音。

「先生，」她說，「我……我不懂您的意思。」

說著，正如剛才她在驚駭之極時立起身來一樣，此刻她被第二陣更加劇烈的恐怖攫住，不由得倒在了沙發的靠墊上。

「我是問您，」維爾福說，「您用來毒死我女兒的毒藥藏在什麼地方。難道您竟是個膽小鬼嗎？您把一切都策畫得那麼周全，但有一件事，就是罪行一旦敗露，您將落得個什麼下場，難道您居然就忘掉算計了嗎？喔！那是不可能的，您準定還留著一些比其他那些毒藥更甜更香、見效更快的毒藥，用來逃避您應得的懲罰……我希望，至少您是配製過一些的吧？」

維爾福夫人絞著自己的雙手，跪倒在地上。

「我要您聽好，夫人，」維爾福一邊向她逼近，一邊目光炯炯地對她說，「要是我回來時正義還沒有得到伸張，我就要親口檢舉您，親手逮捕您。」

她嘶啞地喘著氣，虛弱而沮喪地聽著他說；她的周身上下只有眼睛還有著生氣，還蘊蓄著一團可怕的火焰。

「我的話您聽明白了？」維爾福說，「現在我要到法庭去宣讀起訴書。要求判一個殺人犯死刑……要是我回來看見您還活著，您今晚就得睡在巴黎法院的附屬監獄裡了。」

維爾福夫人一聲哀嘆，全身癱軟在地毯上。檢察官出去了。

法庭裡，法官們在一片肅靜中就座，陪審員也紛紛坐下。被告貝內代托帶上庭以後，便由維爾福檢察官宣讀起訴書。

他的起訴書也許從來沒有寫得像這樣生動而雄辯過；罪行被描繪得有聲有色；罪犯的經歷，他的淪落，從少年時代起的種種犯罪事實之間的聯繫，都被分析得絲絲入扣；如此這般的條分縷析，只有一位像他這樣思想敏銳的人，憑著他的人生經驗以及洞察人心的天才才能做到。

起訴書宣讀完以後，庭長問道：

「被告，您的姓名？」

安德烈亞立起身來。「請原諒，庭長先生，我請求您就平時的提問程序稍加變通，而且下面我就會證實我的請求確是事出有因的。所以，我請求能允許我按另一種順序來回答問題。」

庭長驚訝地望著陪審團，陪審員則望著檢察官。

「您的年齡？」庭長問，「這個問題您可以回答吧？」

「二十一歲，或者更確切地說，幾天以後剛好二十一歲，因為我出生在一八一七年九月二十七日到二十八日的夜間。」

維爾福先生正在作筆記，聽到這個日期抬起了頭來。

「您出生在什麼地方？」庭長繼續問道。

「在巴黎近郊的奧特伊，」貝內代托回答說。

維爾福第二次抬起頭來看看貝內代托，而且就像看到了黑杜薩的頭似的，臉上變得沒有一點血色。

而貝內代托卻掏出一塊繡著花邊的細麻布手帕，很瀟灑地輕輕按了按嘴唇。

「您的職業？」庭長問。

「起先是造假幣，」他平靜地回答說，「後來就偷東西，最近又殺了人。」

一陣憤慨驚詫的聲浪，從整個大廳席捲而過；法官們驚愕地面面相覷，陪審員們沒想到一個體體面面的人竟然會這麼厚顏無恥，都露出非常厭惡的神情。

維爾福先生用一隻手按在前額上，他的臉方才毫無血色，這會兒又變得通紅滾燙了；陡然間，他立起身來，神情恍惚地環顧四周，然後又跌坐在椅子上。

「被告，現在您願意說出您的姓名了嗎？」庭長問。

「我沒法告訴您我的名字，因為我自己也不知道；但是我知道我父親的名字，我可以把他的名字告訴您。」

一陣疼痛難忍的眩暈，使維爾福感到眼前直冒金星；他用一隻痙攣而顫抖的手下意識地翻動著案卷，只見苦澀的汗珠一滴接一滴地順著他的臉頰滾落到紙上。

「那就說出您父親的名字吧，」庭長接著說。

寬敞的大廳裡一片寂靜，所有的人都屏息斂氣地等待著。

「我的父親是個檢察官，」安德烈亞鎮靜地回答說。

「檢察官！」庭長驚愕地說，並沒有注意到維爾福臉上的驚慌神情。

「是的，而且既然您要知道他的名字，那我就告訴您：他叫德·維爾福！」

整個大廳一片騷亂。有位女士暈了過去，旁邊的人給她聞了嗅鹽，才又清醒過來。

庭長大聲說：「被告，你是在藐視法庭！」

「諸位，」安德烈亞從容地說，「天主不容我起念侮辱法庭。我再重複一遍，我的父親是德・維爾福先生。我出生後，父親抱起我，對我母親說我已經死了，用一塊襁褓把我裹住，帶到花園裡活埋了。」

「那您的母親呢？」庭長問。

「我母親當時以為我死了；她是無罪的。我沒有想去探究我母親的名字；我不知道她的名字。」

這時，從我們剛才說過的那位女士的周圍人群中間，傳來了一聲尖叫，隨後它又變成了一陣嗚咽聲。

這位女士由於神經受的刺激過重，暈了過去，於是她馬上被抬出了法庭；在扶她起來的當口，遮在她臉上的那塊厚面紗掀了開來，大家認出了她是唐格拉爾夫人。

維爾福儘管情緒緊張而沮喪，儘管耳朵裡的嗡嗡聲顫個不停，儘管腦子昏亂得像要發瘋，也還是認出了她；他立起身來。

「證據！證據！」庭長說，「被告，您得記住，這駭人聽聞的指控，是必須有最確鑿的證據才能成立的。」

「證據？」貝內代托說，「好吧，請您瞧瞧維爾福先生，再來向我要證據吧。」

所有的人都轉過頭去望著檢察官，他承受不了這麼多雙眼睛盯著他看的重負，搖搖晃晃地走到大廳中央，頭髮蓬亂，臉上布滿指甲抓出的道道血痕。

「他們問我要證據，父親，」貝內代托說，「您說我要給他們嗎？」

「不，」維爾福先生聲音發哽，結結巴巴地說，「不，不用了。您說的全都是真的。」

說著，他踉踉蹌蹌地向外面走去。稠密的人群在他面前閃開了一條路；於是，他從聽眾、法警和法官的人籬中穿過，走遠，他已經供認了自己有罪，但他的悲痛保護了他。

昏昏沈沈地上了馬車以後，倏然間他想到了妻子，只覺得彷彿有根燒紅的鐵針穿過了心窩。他發瘋似的對著車夫吼道：

「快，快呀！」

驚恐萬分的轅馬，飛也似的向宅邸奔去。

到家以後，他疾步走到臥室房門跟前。這扇門是鎖著的。他停在門外，渾身直打寒戰。

「愛洛伊絲！」他喊道。

他好像聽到有家具移動的聲音。

「愛洛伊絲！」他又喊道。

「是誰？」裡面的聲音問道。他覺得這個聲音比平時要微弱得多。

「開門！開門！」維爾福喊道，「是我！」

可是，儘管他在命令，儘管他的聲音裡充滿著焦慮，她仍然不開門。

維爾福一腳踹開了門。

在臥室通客廳的門邊，維爾福夫人站立著，臉色慘白，肌肉痙攣，目光嚇人地凝視著他。

「愛洛伊絲！愛洛伊絲！」他說，「您怎麼啦？您說話呀！」

這個少婦把她僵直發青的手朝他伸去。

「已經完事了，先生，」她聲音嘶啞得像要把喉嚨撕裂似的喘著氣說，「您還想要怎麼樣呢？」

說完，她直挺挺地倒在了地上。

維爾福撲上前去，抓起她的手。這隻手痙攣地揑緊著一只金蓋的小玻璃瓶。她死了。

維爾福恐怖之極地往後退去，一直退到了房門口，眼睛死死地盯在屍體上。

「我的兒子！」他猛然間喊道，「我的兒子在哪裡？愛德華！愛德華！」

維爾福夫人的屍體橫在內客廳的門口，就像是守護在那兒，張得大大眼睛凝望著一個方向。維爾福順著這個方向望過去，看見了內客廳裡的那架豎式鋼琴和小半只藍緞面長沙發。

他往前走上三、四步，看見愛德華就躺在長沙發上。

孩子一定是睡著了。他感到一陣無法形容的喜悅湧上心頭；一線光明，射向了他在其中苦苦掙扎的地獄。

他跨過屍體，走進內客廳抱起孩子，摟他，搖他，喊他；孩子沒有一點反應。他把滾燙的嘴唇貼在孩子慘白冰涼的臉頰上；他撫摸著孩子僵直的四肢；他把手按在孩子的心口，這顆心已經不再跳動了。

一張折成四折的紙片，從愛德華的胸口掉了下來。他拾起紙片，認出那是妻子的筆跡，迫不及待地讀了起來。紙上寫著：

您知道我是個好母親，因為我是為了我的兒子才犯罪的！

一個好母親是不能撇下兒子走的！

維爾福沒法相信自己的眼睛，也沒法相信自己的理智。他用膝蓋向愛德華的屍體爬去，再一次極其仔細地檢查了一遍，一隻獅子望著它死去的幼獅時，用的就是這種神情。

從他的胸膛裡迸發出一聲令人撕心裂肺的慘叫。隨後，他衝到外面，拿起一把鍬奔到花園裡，發狂地掘著地，嘴裡喃喃地說道：

「那裡沒有，這裡也沒有——」

他瘋了。

第二十章◎唐格拉爾的簽字

一個陰霾多雲的日子，基督山伯爵的馬車，向昂坦堤道街的唐格拉爾府邸駛來。銀行家從窗子裡看到伯爵的馬車駛進院子，就出來迎接，他有些愁眉苦臉的樣子，但態度很殷勤。

「喔！伯爵，」他伸手給基督山說，「您是來向我表示慰問的吧。說實話，我們這一代人今年的日子可不好過哪。莫爾塞夫名譽掃地，自殺身亡；維爾福莫名其妙地落了個家破人亡；我呢，由於那個貝內代托的醜聞而受盡人家的奚落，還有……」

「還有什麼？」伯爵問。

「唉！您難道不知道？」

「又是件不幸的消息嗎？」

「我女兒離開我們出走了。」

「您是說歐仁妮小姐……」

「她無法容忍這種羞辱，要求我允許她外出旅行。」

「她走了？」

「前兩天的晚上走的。」

「跟唐格拉爾夫人一起？」

「不，跟一位親戚……不過，我親愛的歐仁妮，我們怕是就此再也見不到她嘍，因為我了解她的性格，她是不會再肯回法國來了！」

「有什麼辦法呢，我親愛的男爵，」基督山說，「家庭的不幸，這種對一個把孩子看作全部財富的可憐人來說，是絕對無法忍受的痛苦，一位百萬富翁還是承受得了的。不管哲學家怎麼說，注重實際的人總是斷然否認他們的說法的。這些人的信條是：『無論什麼事情，只要有錢，就能得到慰藉。』而您，如果您也同意這種觀點的話，就理應比任何人都更快地得慰藉，因為您是金融界的巨子。」

唐格拉爾睨了伯爵一眼，想看看他是在取笑他，還是很嚴肅地這麼說的。「可不是，」他說，「如果財富能讓人得到慰藉，我當然就會得到慰藉：我有錢嘛。」

「那是沒話說的，您富得就像座金字塔，誰也動搖不了它。」

唐格拉爾看到伯爵居然這麼天真地相信了他的話，不由得笑了一笑。「這一來我倒想起來了，」他說，「您剛才進門的那會兒，我正在簽署五張小小的憑單；我已經簽了兩張，您能允許我把那三張也一起簽掉嗎？」

「請便，親愛的男爵，請便。」

一時間，房間裡寂靜無聲，只聽見銀行家的羽毛筆在沙沙作響，基督山則抬頭在看天花板上描金的飾線。

「是西班牙債券，」基督山說，「海牙債券，還是那不勒斯債券？」

「都不是，」唐格拉爾自負地笑著說，「是當場現付的法蘭西銀行憑單。喔，」他又說，「伯爵先生，您該說是金融界的皇帝了，但是像這樣每張價值一百萬的小紙頭，您可曾見得很多吶？」

基督山接過唐格拉爾驕矜地遞給他的這五張紙片，拿在手裡像是掂掂它們的分量似的，然後念道：

法蘭西銀行理事先生台鑒：

請憑此單據於本人存款名下支付一百萬法郎為荷。

唐格拉爾男爵

「一，二，三，四，五，」基督山數道，「五百萬！一點不錯。說實話，也只有在法國才能見到這種事情：五張小紙頭值到五百萬；真得親眼見到才能相信哩。」

「您不信？」

「哪兒的話。」

「可您說話的口氣……得，您只要跟我的辦事員一起上銀行去走一趟，就可以看見這幾張憑單換成同樣面額的現款。」

「不用，」基督山說著，把五張紙片折了起來，「真的不用了，這事太稀奇了，我得親自去體驗一下其中的樂趣。我曾經預定在您這兒提取六百萬，已經取走了九十萬，所以您還得支付給我五百一十萬。這五張紙頭有您的簽字，我當然信得過。現在我就收下它們，這是一張六百萬提款全部結清的收據。我事先就準備了這張收據，因為不瞞您說，我今天有急用。」

即便有個晴天霹靂炸響在唐格拉爾腳跟前，他也未必會這樣驚恐萬狀。

「什麼！」他張口結舌地說，「什麼！伯爵先生，您要拿走這筆錢？可是對不起，對不起，這筆錢是我欠濟貧院的，是一筆存款，我答應了今天上午付款的。」

「啊！」基督山說，「那就是另一回事了。我不一定非要拿這五張紙頭不可。請另外換一種方式付款給我好了。我拿這幾張紙頭，是出於一種好奇心，指望有一天好讓人家說，唐格拉爾銀行一不用事先通知，二不用讓我等五分鐘，當場就付給了我五百萬現款！那可真帶勁！不過，這幾張憑單您還是拿回去吧；我再重複一遍，請另外支付給我好了。」

說著，他把那五張票據遞給唐格拉爾，唐格拉爾臉色鐵青地伸出手來，就像禿鷲隔著鐵籠，伸出爪子來抓別人從它那兒奪去的肉似的。

突然間，他改變了注意，竭盡全力控制住自己。

隨後，只見他微笑起來，驚慌失態的臉漸漸地變得笑容可掬了。

「其實，」他說，「您的收據就是錢嘛。這五張憑單一定請您收下。您瞧我這人，本來我打算把這筆錢付給濟貧院，所以就覺得，不把這些憑單給他們就是食言了。其實這不就是把一個埃居換成另一個埃居嗎。請您務必收下。」

說完，他神經質地大聲笑了起來。

「那我就收下了，」基督山態度優雅地回答說，一邊把這些憑單放進錢袋裡。

「不過，」唐格拉爾說，「我們還有十萬法郎沒有結清呢。」

「哦！小事一樁，」基督山說，「銀行手續費就差不多有這些了；您不必付了，我們兩結清了。」

說完，他向門口走去；正在這時，男僕進來通報說：

「濟貧院財務主任德·博維爾先生到。」

基督山向佇立在前客廳的博維爾先生禮節性地欠了欠身子，這位先生也還了禮，而等基督山先生一走，這位先生立即就被帶進了唐格拉爾先生的書房。

「您好，我親愛的債權人，」唐格拉爾唇邊掛著裝模作樣的微笑說，「因為我敢打賭，這回來的準是位債權人。」

「您猜對了，男爵先生，」博維爾先生說，「我是代表濟貧院來的；我受那些孤兒寡婦之託，來向您提取一筆五百萬的施捨款項。」

「親愛的博維爾先生，」唐格拉爾說，「如果您不介意的話，恐怕得請您的孤兒寡婦們再等二十四個小時了，因為基督山先生，就是您剛才看見從這兒出去的那位……他把這五百萬法郎給提走了。」

「這是怎麼回事？」

「伯爵在我這兒有個可以無限提款的戶頭，是羅馬的湯姆森銀行開的。剛才他來，要在我這裡一次提款五百萬；我給他開了法蘭西銀行的憑票。您知道，我的資金全都存在這家銀行裡，而我怕在同一天裡，向銀行理事先生支取一千萬，會使他覺得很奇怪的，」唐格拉爾笑嘻嘻地接著說，「要是分在兩天麼，那就沒事了。」

「真有這等事？」博維爾先生喊道，「剛才出去的那位先生拿了您五百萬？他剛才出去時還跟我打了招呼，倒像我也認識他似的。」

「您不認識他，可他說不定認識您。基督山先生什麼人都認識。」

「五百萬！」

「他的收據在這兒，您自己看吧。」

博維爾先生接過收據，念道：

茲收到唐格拉爾男爵先生五百一十萬法郎，此筆款項他可隨時向羅馬的湯姆森——弗倫奇銀行支取。

「果然是真的！他光在您這兒就有五百萬？喔唷！那這位基督山先生準是個大富翁啦！我要去拜訪他一次，請他為我們捐點錢。」

「哦！這沒問題；他每月花在施捨上的錢就不止兩萬法郎呢。」

「那太好了。我還要向他援引一下莫爾塞夫夫人和她兒子的例子。」

「什麼例子？」

「他們把全部財產，也就是已故莫爾塞夫將軍的財產，都捐給了濟貧院。」

「什麼理由?」

「因為他們不想接受一份不光彩的家產。」

「那他們靠什麼為生呢?」

「母親到外省隱居,兒子去從軍。」

「哎呀呀!」唐格拉爾說,「他們可真是太天真啦!」

「昨天我剛把他們的捐贈登記造冊。」

「他們的財產值到多少?」

「喔!不算很多,一百二、三十萬法郎吧。不過,我們還是再來談談那五百萬吧。」

「好呀,」唐格拉爾用最自然的口氣說,「看來您是急於要拿到這筆錢嘍?」

「可以這麼說,因我們明天就要查點帳目。」

「明天!幾點鐘開始查點?」

「下午兩點。」

「沒事。您中午十二點派人來取錢,」唐格拉爾臉上掛笑地說。

博維爾先生居然不想多費什麼口舌。他點點頭,拿起帶來的那只空錢包。

「哎！我想到了，」唐格拉爾說，「您還有個好辦法。」

「怎麼說？」

「基督山先生的收據等於就是錢；把這張收據拿到羅特希爾德銀行或者拉菲特銀行去，您立刻就能拿到現款。」

「可他們拿了收據要到羅馬才能兌現哪！」

「對，所以麼，您還得付一筆五、六千法郎的貼息。」

財務主任聽得倒退一步。

「不，我寧可等到明天。虧您說得出的！」

「好，那就準定明天嘍。」

博維爾先生告辭出去。他前腳剛出門，唐格拉爾就做了個極有表情的姿勢，這個姿勢，是只有看過弗雷德里克扮演的羅貝爾·馬凱爾①的人才能懂得其中意思的。同時，他還極其輕蔑地罵了一聲：

「傻瓜！」

他把基督山的收據塞進一只小錢袋裡，然後把房門鎖緊，回過來把錢箱的抽屜全倒了個空，湊到五萬法郎左右的鈔票，把有些函件燒了，另一些則放在顯眼的地方。接著他開始寫一封信，寫完以後封好口，寫上：「唐格拉爾男爵夫人收」。

然後，他從抽屜裡取出一張護照。

「很好，」他說，「有效期還有兩個月哩。博維爾先生，我就失陪嘍。」

①一八三四年首演的同名歌劇中的主人公，海盜出身，但一直以銀行家的身分混跡上流社會。

第二十一章◎萬帕的菜單

一輛驛車疾駛在從佛羅倫薩到羅馬的大路上。車上的乘客身穿一件禮服，或者更確切地說，是一件大氅；穿這種衣服旅行實在是活受罪，不過它畢竟可以把一條榮譽勛位的綬帶襯托得更加鮮豔奪目。

驛車駛進城門，停在一家西班牙旅館門前。這位旅客下了車，吩咐旅館老闆準備一頓可口的晚餐，然後詢問湯姆森銀行的地址，老闆馬上告訴了他，因為這家銀行是羅馬最有名的銀行之一。

旅館門前聚集著一幫看熱鬧的閒人。這時，有個人從人群中抽身出來，稍稍隔開一段距離跟在這外國佬外面，一直跟到了湯姆森銀行。外國佬前腳進銀行，那人後腳也跟進。

「湯姆森先生在嗎？」外國佬問。

一個一本正經占據著第一張寫字桌的職員做了個手勢，一個僕役模樣的人馬上立起身來。

「怎麼通報？」那僕役問，一邊做出為客引路的姿勢。

「唐格拉爾男爵，」這位旅客回答說。

僕役領者男爵消失在一扇門後面。尾隨唐格拉爾進來的那個人在長凳上坐下等著。職員抬起頭來，小心翼翼地朝四下望了一遍，確準房間裡沒有別人，才開口說道：

「嘿，佩皮諾，你在這個胖子身上聞到油水味兒啦？」

「這可不用我花工夫，我們事先有情報。」

「那麼，你這機靈鬼是知道他來幹麼的嘍。」

「沒錯，他是來提款的；不過，我得弄清楚他提款的數額。」

「待會兒我會告訴你的，老弟。」

說完，這職員就走進那扇門裡去了。十分鐘過後，他滿臉興奮地走出來。

「好傢伙！」他說。

「五百到六百萬，對不對？」

「對，你知道這數額？」

「我還知道他拿的是基督山伯爵的收據。我告訴過你，我們事先就得到情報了。」

「那你幹麼還要來問我？」

「為的是確準他是不是我們要找的那個人。」

「噓！他來了。」

唐格拉爾滿面紅光地出現在門口；佩皮諾跟在他後面出了銀行。唐格拉爾縱身跳上等在門前的馬車，佩皮諾也跳上車坐在車廂外的後座上。

馬車回到旅館，唐格拉爾吩咐第二天中午備馬。他想先到威尼斯，然後到維也納，把銀行的存款悉數取出，他打算最後就在維也納住下來，他聽人說過那是個尋歡作樂的好地方。

馬車一路顛簸地行了很長的路程，總算停下了。唐格拉爾定睛一看，馬車左邊是一片峽谷模樣的凹地，中間有一個圓形的窪陷。

這兒是卡拉卡拉競技場的遺跡。

他下得車來，只見自已被圍在四個人的中間。他猛地意識到，自己是落在強盜手裡了，心裡怦怦亂跳，嚇得連話也說不出來。這幾個人推著他，走過一座小山崗，穿過一片雜草叢生的荊棘叢，來到一個很隱蔽的洞穴裡面。在前面帶路的就是佩皮諾。

洞裡的四周石壁都層層迭迭鑿了許多棺材模樣的凹坑，映在灰白色的岩石上，就像一個個骷髏頭上黑咕隆咚的眼眶。

過了崗卡以後，佩皮諾用義大利話說：「一條大魚，頭兒，一條大魚！」

說著，他拎起唐格拉爾的外衣領子，把他帶到一個類似於門的洞口，進了洞口就是首領萬帕作為起居室的大廳。

「就是這個人嗎？」萬帕問，他剛才正在聚精會神地念普盧塔克寫的《亞歷山大大帝傳》。

「就是他，頭兒，就是他。」

萬帕仔細端詳了嚇得臉無血色的肉票以後，吩咐把他關進地牢。這下子，唐格拉爾總算鬆了口氣；他身邊有五百零五萬法郎，所以這一關他是十拿九穩能逃過的，因為一個肉票的贖金，無論如何用不了這麼多。

第二天一早醒來，他的第一件事就是把手伸進衣袋裡。一切都安然無恙；那個裝著五百零五萬法郎的信用卡的錢袋，還在外衣插袋裡待著。

一天過去了，門外看守的小強盜換了兩次崗，但沒一個人想到也得讓他吃點東西。他覺得胃開始在痙攣，一陣陣地抽痛；他慢慢地爬起身來，把耳朵貼在門縫上細聽，隨後又用眼睛湊在上面張望，認出了這一班看守正是那個佩皮諾。

沒錯，這是佩皮諾。他坐在門對面，準備把這差使盡量弄得舒服些，只見他兩腿中間放著個瓦盆，裡面盛著一盆熱氣騰騰、香味撲鼻的肥肉片燴豆子。旁邊還放著一小籃葡萄和一瓶紅酒。

瞧著這些東西，唐格拉爾直咽口水。他敲了敲門。

佩皮諾馬上過來打開門。

「對不起，先生，」唐格拉爾說，「難道不準備給我吃飯了嗎？」

「敢情閣下是想吃東西了？」

「最好馬上就吃。」

「小事一樁，」佩皮諾說，「這兒你要什麼就有什麼，當然，得付現錢。」

「這沒問題！」唐格拉爾喊道，「既然你們把人抓來關在這兒，照理是該讓人吃飽的。」

「哎！閣下，」佩皮諾說，「這兒不興這規矩。得，您想吃什麼呢？」

說著，他把手裡的瓦盆放在一個恰當的位置，讓香味正好對準了唐格拉爾的鼻孔往裡鑽。

「這麼說，你們在這兒還有廚房嘍？」銀行家問。

「瞧您說的！我們的廚房是一流的。」

「那好，就來個雞吧，要不來點魚、野味也行。」

佩皮諾立起身來，使足勁兒喊了一聲：

「給閣下來個雞喔！」

轉眼工夫，一個小強盜手托一只銀盤上來，一隻烤雞兀自坐在銀盤裡。

唐格拉爾接過一把鈍口的小刀和一把黃楊木的叉子，準備把雞切開。

「對不起，閣下，」佩皮諾說，「這兒得先付後吃；要不吃完以後說聲吃得不滿意……」

「嘿嘿！」唐格拉爾暗自想道，「他大概是想敲我竹槓了；得，我乾脆就做得漂亮些。」他隨手拋給佩皮諾一枚路易。

「且慢，」佩皮諾說，「閣下還欠我錢呢。」

唐格拉爾決定對這種敲榨逆來順受。「就這麼個瘦雞，」他說，「我還少您多少錢呢？」

「閣下付過一個路易定洋，現在只欠四千九百九十九個路易了。」

「什麼！您不是在開玩笑吧？」唐格拉爾睜圓了眼睛說道。

「我們從來不開玩笑。」

「什麼，十萬法郎吃隻雞！」

「閣下，您都想像不到在這該死的岩洞裡養雞有多難哦。」

「行了，行了！」唐格拉爾說，「我真的覺得這挺滑稽，挺逗的；不過我餓了，快讓我吃吧，喏，再給您一個路易，我的朋友。」

「那麼只欠四千九百九十八個路易了，」佩皮諾仍然那麼不動聲色地說，「我們會耐心地等您付清的。」

「哦！你要是這麼說，」唐格拉爾覺得對這種胡攪蠻纏已經忍無可忍了，「你就給我見鬼去吧！你還不知道自己是在跟誰打交道呢。」

佩皮諾做個手勢，那小強盜馬上伸手把那盤雞奪了過去。

唐格拉爾死撐活捱地等了半小時，只覺得胃就像穿了底似的。他無可奈何地招呼佩皮諾說：「來一塊乾麵包吧，既然在這該死的洞裡雞這麼貴。」

「麵包，好咧，」佩皮諾說。「嗨！上麵包嘍！」

那小強盜端上來一小塊麵包。

「麵包來了！」佩皮諾說。

「多少錢？」唐格拉爾問。

「四千九百九十八路易。閣下已經預付兩個路易了。」

「什麼，一塊麵包要十萬法郎？」

「我們這兒不興按菜論價，全是一個價。」

「又是這種玩笑。你讓我拿什麼付錢？難道你以為我會在口袋裡，裝著十萬法郎出門嗎？」

「您口袋裡有五百零五萬法郎，閣下，」佩皮諾說，「夠您吃五十隻十萬法郎的雞，還有五萬可以吃半隻。」

唐格拉爾渾身打起哆嗦來；他終於拎清了：他不覺得這個玩笑那麼無聊了。他嘆口氣，如數寫了一張取款憑單，交給佩皮諾。等到接過那盤雞來，只覺得這隻雞看上去更瘦了。

第二天，口渴難熬的唐格拉爾又用兩萬五千法郎買了一瓶酒——因為水跟酒是一個價的。他請求見頭兒。不一會兒工夫，萬帕就站在他面前了。

「你要我付多少贖金？說吧。」

「您身上的那五百萬就夠了。」

「給您一百萬怎麼樣？」

「不行。」

「兩百萬？」

「不行。」

「三百萬——四百萬？——啊，四百萬？」

「值五百萬的東西幹麼只付四百萬呢？」萬帕說，「銀行家閣下，您這算是殺價呢還是怎麼的。」

「那就都拿去！統統都拿去，我在對您說呢！」唐格拉爾聲嘶力竭地喊道，「再把我也殺了吧！」

「行啦，別發火，閣下，要不您的血液循環會加快，胃口會好得一天吃掉一百萬的；還是省著點用吧，見鬼！」

「你們這些混蛋！」唐格拉爾喊，「反正總是一死，我寧可馬上就死；你們就折磨我，拷打我，殺死我吧，可是你休想得到我的簽字憑證！」

拒不簽字的決心持續了兩天，兩天以後，他拿出一百萬要求吃東西。他們給他送來一頓豐盛的晚餐，拿走了他的一百萬。

從那以後，這倒楣囚徒的生活，就淪為得過且過的苟且偷生了。他罪已經受夠了，再也不想去招罪來受，所以任什麼都肯答應了；到了第十二天的下午，他又像家貲巨萬的那樣美美地吃了一頓以後，算一算帳，發覺自己只剩下五萬法郎，其餘的都已經簽憑證簽掉了。

他一心想保住這最後的五萬法郎了。一連三天，他滴水不沾，沒吃一點東西。

第四天，他已經餓得脫了形；他揀完了先前掉在地上的食物粒屑，開始嚼起鋪在地上的乾草來了。

第五天，他爬到牢房門口，要求見頭兒。萬帕來了。

「您還想要什麼？」萬帕問道。

「把我最後一個金幣也拿去吧，」唐格拉爾把錢袋伸過去，含糊不清地說著，「請您讓我在這兒，在這個洞裡活下去吧；我不想要自由了，我只要活下去。」

「這麼說，您真的感到痛苦了？」萬帕問。

「哦！是的，我痛苦，我痛苦極了！」

「那您懺悔了嗎？」一個低沈而莊嚴的聲音說，唐格拉爾聽得髮根都豎了起來。

他竭力睜大昏花的眼睛想看清眼前的東西：那個強盜頭兒身後，有個人裹著披風站在石柱的陰影裡。

「懺悔什麼呢？」他喃喃地說。

「懺悔您做過的壞事，」那個聲音說。

「哦！是的，我懺悔！我懺悔！」唐格拉爾喊道，一邊用瘦骨嶙峋的拳頭捶自己的胸口。

「那麼我就寬恕你，」那人甩掉披風，往前走上一步置身在亮處。

「基督山伯爵！」唐格拉爾恐懼地說。

「您錯了，我不是基督山伯爵。我就是那個被您誣陷、出賣和投進監獄的人，他的未婚妻被您害得過著屈辱的生活；我就是那個您踩在腳下爬上去發財的人，他的父親被您害得活活地餓死；我，本來也要讓您餓死，但現在我寬恕了您，因為我也需要被寬恕：我是愛德蒙·唐泰斯！」

唐格拉爾大喊一聲，俯身合撲在地。

伯爵已經走了，他仍匍伏在地上；當他抬起頭來的時候，只看見一個人影漸漸消失在通道裡，他所過之處，兩旁的強盜都對他躬身行禮。

萬帕讓唐格拉爾飽餐了一頓，然後把他送上馬車，駛到大路上把他放下，讓他背靠在一棵大樹上。

他在那兒待了一夜，全然不知自己身在何處。

天亮以後，他覺得口渴，看見附近有條小溪，就爬到小溪跟前。當他俯下身去喝水的時候，他發現自己的頭髮已經完全白了。

第二十二章◎等待和希望

傍晚，一縷燦爛的秋天的陽光，從乳白色的暮靄中穿過，把金色的光線射到蔚藍的地中海海面上。一艘精美而輕巧的遊艇正在初起的薄霧中駛過。它的行駛，猶如一隻天鵝迎風展翅在水面上滑行。它迅速而優美地掠過水面，在船尾留下一道粼光閃閃的水波。

一個高眺身材、膚色黝黑的男子站立在船頭上，睜大眼睛望著迎面而來的那片黑駿駿的島礁，這片島礁呈圓錐形，宛如從萬頃波濤中，湧上來的一頂巨大的，加泰羅尼亞人的帽子。

「這就是基督山島，」艇長說，「我們到了。」

「我們到了！」那旅客以一種無法形容的憂鬱的語調喃喃地說。

十分鐘過後，水手們收起船帆，在一個小港灣的五百米開外下了錨，同時放下了一只小筏子。那旅客登上小筏子以後，待命的四個槳手齊刷刷地把槳劃入水面，沒有濺起一點水花；接著，小筏子就趁勢迅速地向前滑去。不一會兒，他們就到了一個天然形成的小港灣裡，船底觸到了海灘的細沙。

下來走了三十來步，他們上了岸。這時天色完全黑了，年輕的旅客正在往四下裡張望的時候，冷不防有隻手按在他的肩膀上，同時有個聲音在說：

「您好，馬克西米利安。」

「是您，伯爵，」年輕人喊道，帶著一種幾乎可以說是喜悅的表情，同時用雙手握住基督山的手。

「來吧，那兒有個專門為您準備的住處，您在那兒會忘掉疲乏和寒冷的。」

但年輕人看到那些把他帶到這兒來的水手，沒收他一分錢就走了，不由得大為驚奇。他聽到了小筏子划回遊艇的槳聲。

「啊，」伯爵說，「您在找您的水手？」

「可不是，我還沒付他們錢，他們就走。」

「別去管這事了，」伯爵笑道，「我跟常年跑海上的這些人有個約定，凡是到我的島上來的客人，一路乘坐的馬車和航船一概免費。照文明國家的說法，我們是有君子協定的。」

莫雷爾驚訝地望著伯爵。

「伯爵，」他說，「您跟在巴黎的時候不一樣了。」

「怎麼啦？」

「是不一樣了，您在這兒笑了。」

基督山的臉色一下子變得憂鬱起來。

「您這麼提醒我很對，馬克西米利安，」他說，「見到您，對我來說是一種幸福，可我忘了，所有的幸福都只不過是過眼煙雲。好吧，您跟我來吧。」

莫雷爾機械地跟著伯爵往前走，不知不覺地走進了一個岩洞。

他發覺腳下鋪著地毯；一扇門開了，馥郁的香氣在他的四周繚繞，他們置身於一個富麗堂皇的大廳裡。

「我現在明白了，」他說，「您為什麼選了這座大海中的孤島，這座會讓埃及的法老羨慕不已的陵墓，讓我到這兒來見您。這是因為您愛我，對不對，伯爵?這是因為您對我的愛，足以使您決意要讓我有一種沒有臨終痛苦的死亡，一種能握著您的手，呼喚著瓦朗蒂娜的名字慢慢離去的死亡，是這樣嗎?」

「對，您猜對了，」伯爵說，「我是這個意思。您執意要死，什麼也勸不住您；您的苦難是這麼深重，只有奇蹟才能治癒您的痛苦。」說著，他走到一個仔細地上了鎖的櫃子跟前，從身上掏出一枚懸在金鏈條上的鑰匙，打開櫃子取出一只精雕細刻的小銀箱，再打開小銀箱取出一只小小的金匣，在一個暗鈕上按了一下，匣蓋就自動開啟了。

金匣裡盛著一種稠膩的膠凍，拋光的金子和鑲嵌在上面的藍寶石、紅寶石、純綠寶石的色澤交映生輝，以致膠凍本身的顏色都看不出來了。

它像是一種天藍、緋紅和金色交織在一起的閃色。

伯爵用一把鍍金的銀匙舀起一小匙這種膠凍，遞給莫雷爾。這會兒，可以看清這膠凍是暗綠色的。

莫雷爾接過這只小匙，緩緩地，但毫不猶豫地吞下了這種神秘的膠凍。

這時，兩人都沈默了。阿里悄沒聲兒地端上煙草和煙管，斟好咖啡，又退了下去。

一陣巨大的憂傷向年輕人襲來；他覺得煙管從自己手裡滑落了下去；所有的東西都莫名其妙地失去了原有的形狀和色彩；眼睛裡看出去，昏昏沈沈地似乎覺得牆壁裡生出了門和門簾。

「朋友，」他說，「我覺得我在死了；謝謝。」

他那雙倦怠的眼睛不由自主地閉了下來；然而，從垂下的眼瞼的縫隙中望出去，他依稀看見了一個人影，而且儘管他覺得此刻周圍是一片昏暗，還是認出了這個人影是誰。

這是伯爵，他剛去打開一扇門。

霎時間，一大片明晃晃的光亮，從相鄰的一座金碧輝煌的宮殿，湧進這個大廳。一個美麗的姑娘從那兒走過來，停在門口。她臉色蒼白，帶著甜蜜的微笑，看上去就像一位前來趕走復仇天使的仁慈天使。

「莫非天國的大門已經為我打開了？」臨死的人想道。他從靈魂深處喊道：「瓦朗蒂娜！瓦朗蒂娜！」但是他的嘴裡沒能發出一點聲音；他吁出一口氣，閉上了眼睛。

瓦朗蒂娜向他撲了過去。

莫雷爾的嘴唇還在翕動。

「他在叫您，」伯爵說，「死神曾經想把你們拆開，但我使你們團聚了。」

瓦朗蒂娜抓起伯爵的手吻著，神情激動地說：「我從心底裡感激您。喔！您去問海黛，去問我親愛的海黛姐姐吧，自從我倆離開法國以後，她就一直和我在談您，讓我能耐心地等待這幸福的一天到來。」

「這麼說，您愛海黛？」基督山帶著一種無法掩飾的激動問道。

「哦！我從心底裡愛她。」

「嗯！請聽我說，您剛才把海黛稱作您的姐姐；就讓她真的做您的姐姐吧，瓦朗蒂娜；請您和莫雷爾好好保護她，因為從今以後，她在這世界上就是孤苦伶仃的一個人了……」

「孤苦伶仃的一個人！」一個聲音在伯爵身後重複說，「為什麼？」

基督山轉過身去。

海黛站在那兒，臉色蒼白而冷峻，渾身僵直地望著伯爵。

「因為明天，我的女兒，你就自由了，」伯爵回答說，「因為你將在這個世界上重新得到你應得的地位，因為我不願意讓我的命運來遮蔽你的前途。你是位公主！我要把財富和你父親的姓氏還給你。」

海黛臉色慘白，用含著熱淚的沙啞的聲音說：「這麼說，大人，你要離開我了？」

「海黛！海黛！你還年輕，你很美；忘掉我的名字，去過幸福的生活吧。」

「好的，」海黛，「我會執行你的命令的，大人；我會忘掉你的名字，去過幸福的生活。」

說著，她往後退下一步，準備離去。

「哦！天主呵！」瓦朗蒂娜喊道，她這時已經把昏迷不醒的莫雷爾的頭，枕在她的肩上，「您難道沒看見她的臉色這麼白，您難道不明白她有多麼痛苦嗎？」

海黛帶著一種令人心碎的表情對她說：

「你為什麼要希望他能明白我痛苦不痛苦呢？我的妹妹，他是我的主人，而我是他的奴隸；他有權力什麼都不看見的。」

伯爵聽著這撥動他最隱秘心弦的聲音，不由得打了個寒戰；他的目光與姑娘的目光相遇時，只覺得自己再也承受不住那耀眼的光芒了。

「天主呵，天主！」他說，「您讓我在心裡隱隱約約猜想過的事情，難道竟是真的嗎！海黛，您真的覺得留在我身邊很幸福嗎？」

「我還年輕，我像愛父親，愛兄弟，愛丈夫那樣的愛你，」她溫柔地回答說，「我不想去死。」

「難道你是說，要是我離開你，海黛……」

「我就會去死，大人，是的！」

伯爵覺得自己的胸膛在脹開來，心也在脹開來；他張開雙臂，海黛高叫一聲，撲進他的懷抱。

隨後，伯爵摟住姑娘的腰，跟瓦朗蒂娜握了握手，就走開了。

又過了大約一個小時。在這一小時裡，瓦朗蒂娜一直焦急地、默不作聲地凝視著莫雷爾。終於，她覺得他的心臟開始搏動，嘴裡也呼出了一絲極其微弱的氣息，這絲顫悠悠的氣息，顯示著生命又回到這個年輕人的身上來了。

他的眼睛終於睜開了，但起先目光是呆滯的，猶如失去了理智一般；然後慢慢地恢復了視覺，看到的影像變得清晰、真切起來；隨著視覺的恢復，感覺也清醒了；隨著感覺的清醒，痛苦也復蘇了。

「哦！」他以絕望的語調喊道，「我還活著！伯爵騙了我！」

說著，他把手伸到桌子上握住了一把刀。

「我的朋友，」瓦朗蒂娜帶著她那可愛的笑容說，「你快醒醒，朝我這兒看看吧。」

莫雷爾大叫一聲，像見到了天國的景象感到頭暈目眩似的跪了下去。

第二天，莫雷爾和瓦朗蒂娜迎著晨曦手挽手地在海邊散步。這時，莫雷爾瞥見一堆岩石的陰影裡站著一個人，像在等著他倆招呼他過去；莫雷爾把這人指給瓦朗蒂娜看。

「啊！那是雅各布，」她說，「遊艇的艇長。」

說著，她做了個手勢，招呼他過來。

「我這兒有封伯爵的信要交給先生，」那人說。

「伯爵的信！」兩個年輕人同時輕輕地喊道。

莫雷爾接過信，打開念道：

親愛的馬克西米利安：

島邊為你們停泊著一艘小帆船。雅各布會把你們帶到里窩那裡，諾瓦蒂埃先生正在那兒等著他的孫女兒，希望能在您領她上聖壇以前先為她祝福。我的朋友，這座岩洞裡的全部財寶，我在香榭麗舍林蔭大道的宅邸以及在特雷波爾的城堡，都是愛德蒙．唐泰斯送給莫雷爾船主的兒子的結婚禮物。也請維爾福小姐俯允接受其中的一半，因為我想請她將她從已經發瘋的父親名下，以及從已於九月份同她繼母一起去世的弟弟名下繼承的全部財產，都捐贈給巴黎的窮人。

莫雷爾，請告訴這位將終生眷顧您的天使，讓她有時為這樣一個人祈禱吧，他曾經自以為能跟天主匹敵，但後來終於懷著一個基督徒的謙卑心情認識到了，只有天主才擁有至高無上的權力和無窮無盡的智慧。她的祈禱，也許可以減輕一些他在心底裡感到的內疚。

至於您，莫雷爾，我要告訴您的秘密是：在這世界上既無所謂幸福也無所謂不幸，只有一種狀況和另一種狀況的比較，如此而已。只有體驗過極度不幸的人，才能品嘗到極度的幸福。只有下過死的決心的人，才能懂得活著有多快樂。

幸福地生活下去吧，我心愛的孩子們，請你們永遠別忘記，直至天主垂允為人類揭示未來圖景的那一天來到以前，人類的全部智慧就包含在這五個字裡面：

等待和希望！

您的朋友　愛德蒙・唐泰斯

基督山伯爵

莫雷爾急切地問道：

「伯爵在哪兒呢？請把我們帶到他那兒去吧。」

雅各布伸手指著遠方的地平線。

「怎麼！您這是什麼意思？」瓦朗蒂娜問，「伯爵在哪兒？海黛在哪兒？」

「瞧，」雅各布說。

兩個年輕人沿著水手指的方向望去，在深藍色的大海與地中海的天空相接的遠方，他們看見了一片白帆，小得就像海鷗的翅膀。

國家圖書館出版品預行編目資料

基督山恩仇記／大仲馬(Alexandre Dumas, Pėre)
著；韓滬麟，周克希縮寫. -- 初版. --臺北縣新
店市：業強, 1994[民83]
面；　公分. --（典藏世界文學名著；5）
譯自：The count of monte cristo
ISBN 957-683-618-2（精裝）

876.57　　　　　　　　　　90012717

典藏世界文學名著 **5**

基督山恩仇記

著　　者◆⋯⋯⋯⋯大仲馬
縮　　寫◆⋯⋯⋯⋯韓滬麟、周克希
出 版 者◆⋯⋯⋯⋯業強出版社
發 行 人◆⋯⋯⋯⋯陳春雄
編　　輯◆⋯⋯⋯⋯業強編輯室
地　　址◆⋯⋯⋯⋯台北縣新店市民權路130巷4號5樓
電　　話◆⋯⋯⋯⋯(02)221835658
傳　　真◆⋯⋯⋯⋯(02)22183619
郵　　撥◆⋯⋯⋯⋯07438129
排　　版◆⋯⋯⋯⋯浩瀚電腦排版股份有限公司
製　　版◆⋯⋯⋯⋯李白彩色製版印刷有限公司
印　　刷◆⋯⋯⋯⋯盈昌印刷有限公司
定　　價◆⋯⋯⋯⋯新台幣140元整
新聞局登記版台業字第3220號
2005年5月再版

ISBN 957-683-618-2